L'ACQUITTEMENT

Au milieu de l'hiver 1986, Louis Bapaume arrive à Saint-Aldor, le village où il officia comme maître de musique au sein de la famille von Croft, vingt ans plus tôt. Musicien, compositeur, Bapaume a abandonné l'oratorio qu'il était en train de composer, après que sa vie eut pris un tournant dramatique. Obsédé par ce qu'il a vécu chez les von Croft, il revient au village pour s'expliquer auprès de Julia, l'une des deux sœurs jumelles dont il se chargea autrefois de l'éducation musicale. Mais de quelle faute cherche-t-il donc à se faire pardonner ?

Tandis que tout le village se mobilise pour retrouver la fille du bedeau qui s'est perdue en montagne, une atmosphère glaciale entoure la journée que passe Bapaume à Saint-Aldor, remplie de présences énigmatiques : celles du présent dans les rencontres qu'il est amené à faire et celles du passé dans les fantômes qui peuplent son esprit. Trouvera-t-il l'acquittement qu'il est venu chercher ? Et pourquoi Geneviève, l'autre sœur jumelle, se comporte-t-elle avec tant de dureté à son égard ?

En quelques heures, c'est toute son existence qui va se jouer là, alors qu'un peu partout résonnent d'étranges notes de musique.

Dans ce roman où rien n'est laissé au hasard, où le réalisme le plus net débouche à tout moment sur l'énigme, où la frontière entre la réalité et le rêve bouge sans cesse, le lecteur ne sait jamais de quel côté du miroir il se trouve.

Né à Montréal, Gaétan Soucy a étudié la physique, la littérature et la philosophie, et fait de fréquents séjours au Japon. Il est l'auteur de trois romans.

DU MÊME AUTEUR

L'Immaculée Conception
Laterna Magica, Montréal, 1994
et, sous le titre, 8 Décembre
Climats, 1995

La Petite Fille qui aimait trop les allumettes
Boréal, Montréal, 1998
et « Points », n° P 700

Gaétan Soucy

L'ACQUITTEMENT

ROMAN

Boréal

TEXTE INTÉGRAL

ISBN 2-02-038669-0
(ISBN 2-89052-857-X, 1re édition)

www.seuil.com

À Claire

Mais si la mémoire nous montre le passé, comment nous montre-t-elle que c'est le passé ?

LUDWIG WITTGENSTEIN

LA TRAPPE

La catastrophe essentielle qui fonde la réalité du monde, c'est la mort inéluctable de ceux qu'on aime. À qui prétendrait croire à l'irréalité des choses, il suffirait de rappeler la réalité du deuil.

Louis rêvait à lui-même quand il était petit garçon. C'était l'été, il était debout sur la pelouse du jardin. Il répondait au signe de la main que son père lui faisait depuis l'autre côté de la rue (il s'apprêtait à monter en voiture). Lui-même, dans son corps piégé d'adulte de quarante-quatre ans, se tenait en retrait près d'un arbre et observait l'enfant qu'il avait été. À l'intérieur même de son rêve, il se demandait comment une telle chose était possible. Le père répétait indéfiniment son salut de la main, comme si ces secondes tournaient en rond dans l'éternité. Le petit garçon n'était visible que de dos. Peut-être n'avait-il déjà plus de visage ?

Une sensation d'engloutissement tira Louis du sommeil. Il ne comprit pas immédiatement où il se trouvait et demanda au chauffeur de répéter.

– La route est bloquée, monsieur. On ne peut plus avancer.

– Bloquée ?

Le véhicule avait dérapé et s'était affaissé dans la neige qui comblait le fossé à gauche. Et le chauffeur de pester. Encore ébloui par la vision du matin de juillet, Louis avait du mal à juger la situation. Était-ce d'avoir rêvé à son père ? Tout cela lui paraissait étrange, incompréhensible. Jusqu'à la façon, curieusement affectée, dont le chauffeur maugréait. On aurait dit un petit garçon qui joue à se fâcher comme un grand.

– Qu'est-ce qu'on va faire ?

– Que voulez-vous qu'on fasse ? On va rentrer à la gare.

Louis se cala au fond de son siège avec un soupir de lassitude (qu'il regretta aussitôt : si le chauffeur allait penser qu'il le blâmait de quelque chose ?...). Durant les dix-huit dernières heures, il n'avait fait que cela, se déplacer, traîner son bagage, descendre d'un véhicule pour monter dans un autre, sans être pour autant parvenu à destination.

– Est-ce complètement impossible ? On ne pourrait pas essayer de dégager les roues ?

Le chauffeur renâcla avec une ironie amère. Il répondit que, pour cela, il faudrait au moins trois chevaux.

– C'est donc qu'il va falloir rentrer à pied, fit Louis comme s'il réfléchissait à voix haute.

– J'en ai bien peur.

Malgré ses rouspétances, le chauffeur ne semblait pas s'en faire outre mesure. Il était venu au monde d'excellente humeur. Et puis, l'allure distraite, parfois hagarde du voyageur ne laissait pas de susciter en lui un étonnement amusé. Ce n'était pas de la malveillance. Il éprouvait pour Louis la sympathie que les enfants éprouvent pour les clowns.

Le flanc gauche de la voiture s'était enfoncé dans la neige de telle sorte qu'on ne pouvait plus ouvrir la portière. Les deux hommes descendirent, non sans peine, du côté droit. La route devenait impraticable à partir du vallon. La neige s'y était engouffrée et avait formé un immense lac de poudre. Louis resserra son foulard autour de son col. Son bagage se résumait à une mallette que ses dimensions et sa forme apparentaient à une trousse de médecin. Ayant voulu voyager léger, il avait renoncé au dernier instant à porter sa vieille pelisse, mais il se rendait compte que c'était peut-être une erreur. Il n'était vêtu que d'un imper doublé de mouton.

Le chauffeur examinait son véhicule (un modèle Ford de l'immédiat après-guerre) et Louis contemplait le paysage devant lui. Déjà la nuit allait tomber. Une sorte de lumière montait de la neige. Le vent avait découpé dans les dunes blanches des stries si précises et si fines qu'on aurait dit le travail d'un artisan. On pouvait les suivre des yeux sur le pourtour du vallonnement, douces comme le dessin des lèvres humaines. Ici et là un souffle faisait lever à ras du sol des tourbillons de poussière diamantine qui disparaissaient comme de la fumée. Une forêt apparemment infinie étendait ses ailes de part et d'autre du vallon. L'immensité du paysage, presque violente, fonçait dans tous les sens, gonflait l'espace comme un ballon.

– Non, je crois que ça ira comme ça, répondit-il au chauffeur qui lui avait proposé des raquettes. (En fait, il n'en avait jamais chaussé et craignait sa maladresse.)

Il s'empara de son bagage. Il préférait le porter lui-même, par un réflexe d'humilité, et n'ayant pas l'habitude qu'on le servît. Le chauffeur désigna le firmament.

– Ah ça, par exemple !

Louis leva candidement le nez. L'autre rigolait en douce en bouclant ses raquettes. Le voyageur continuait à scruter la voûte. Le chauffeur s'impatienta.

– Hé ho. C'était une blague. Il n'y a rien.

– Je sais.

Mais une fois qu'on avait attiré son attention vers le ciel vide, on n'en détachait pas Louis facilement.

La gare se trouvait à deux kilomètres. Le voyageur marchait devant. Il se sentait coupable d'avoir insisté pour utiliser l'automobile et était prêt à couvrir les frais de remorquage. Il tâchait de ne pas prêter attention au babillage du chauffeur, que ces contretemps affectaient peu. Par moments seulement, ce dernier lâchait deux ou trois gros jurons, pour la forme, comme s'il se rappelait brusquement qu'il était de mauvais poil et qu'il fallait le montrer. Mais il se remettait bientôt à fredonner avec insouciance, la vie prenant soin de produire de temps à autre des êtres exprès pour qu'ils ne lui gardent rancune de rien.

Louis avançait le front baissé, les yeux rivés à la blancheur. Il n'entendait rien au-delà de son souffle qui emplissait l'espace autour de sa tête. En lui faisant revivre le dernier matin où il avait vu son père vivant (l'orphelin est un enfant qui vieillit de cinquante ans d'un seul coup), son rêve avait plongé Louis dans un état tel que la preuve qu'il était bel et bien réveillé se faisait encore attendre. Ce qui se déroulait ne l'en avait pas convaincu. Il était peut-être simplement sorti d'un rêve pour entrer dans un autre.

Ce qu'il prit d'abord pour une pierre se dressa soudain à son approche, se hérissa, si brusquement que Louis jeta les épaules en arrière, comme sous le recul d'un coup de carabine. Il voyait cela pour la première fois, c'était un porc-épic. « Est-ce vrai que perdu en forêt on peut les manger crus ? » On lui avait déjà raconté qu'on interdisait de trapper les porcs-épics pour les réserver à l'usage des malheureux égarés dans les montagnes ; leur peau, paraît-il, se détachait comme celle d'une banane. Vraie ou non, cette histoire l'avait marqué, et pour cette raison même il y avait ajouté foi. Sur tout ce qui ne touchait pas à l'essentiel, on pouvait le charrier comme on voulait. Il ne cherchait pas à s'en corriger, il jugeait cela sans importance. Il se tenait pour bien assez déniaisé quant à Dieu, quant au travail du temps, quant à la mort.

La pensée de manger cru un animal le préoccupa durant une centaine de mètres. Il avait de la neige jusqu'aux mollets, qui s'infiltrait dans ses bottines. Il éprouvait à l'intérieur du torse une mauvaise pesanteur. Sur la page blanche il n'apercevait que son ombre trapue et celle de son chapeau pareille à une demi-pause sur une portée de musique. Le chauffeur le suivait toujours, à égale distance, comme s'il s'agissait de respecter un rang.

Ils atteignirent bientôt la voie ferrée. Ils aperçurent à flanc de colline les lumières de la gare. Elles paraissaient briller plus intensément à mesure qu'on s'en approchait. C'était l'effet du jour déclinant, presque mort déjà. Quelques chalets allumaient des lueurs si pâles qu'elles disparaissaient si le regard cherchait à les fixer, comme les taches lumineuses quand on a les paupières closes.

– Pardon ?

– Je ne pense pas, répéta le chauffeur qui ahanait, que vous pourrez vous rendre chez les von Croft ce soir.

Louis ne répondit rien. De toute façon, il n'avait jamais été dans son intention de se rendre chez les von Croft aujourd'hui même. Il voulait à tout le moins gagner Saint-Aldor où il avait réservé une chambre à l'auberge. Où allait-il passer la nuit, sinon ? Allait-il être obligé de parcourir à pied la dizaine de kilomètres qui séparaient la gare du village ?

Louis quitta la voie ferrée et se mit à marcher sur le remblai recouvert de gravier : il en sentait les aspérités au travers de sa semelle. Il grelottait et en même temps suait à grosses gouttes. Une quinzaine d'hommes répartis le long de la voie travaillaient à dégager les rails. Le chauffeur leur adressa la parole. Louis poursuivait sa route.

Le chef de gare, debout sur le quai, ne les quitta pas des yeux jusqu'à ce qu'ils l'aient rejoint. Il était vêtu du manteau à épaulettes qu'on voit aux officiers de marine, et portait la casquette assortie qui fait tourner la tête aux dames. La moustache britannique, très blonde et très fine, fumant la pipe, ou alors des cigarettes à l'image de sa personne (minces, longues), il avait opté pour le flegme anglo-saxon, aux gestes économes et précis, qui était du dernier cri dans le milieu des gradés canadiens. Brave garçon au demeurant, la trentaine empreinte de santé morale et de gloire militaire, capable de beaux élans. Il se savait courageux, sans ostentation, honnête tout naturellement, comme d'autres ont l'oreille fine, ou les pieds plats, et ne cherchait pas davantage à s'en attribuer du mérite. Il acceptait avec stoïcisme sa situation, ayant la calme assurance que son heure ne pourrait faire autrement que de venir dans un monde où il suffit d'accomplir son devoir, où les Forces alliées avaient fini par vaincre, et que cette affectation au fin fond de la campagne ne durerait pas éternellement.

– Panne ? fit-il dès qu'ils furent suffisamment à sa portée pour qu'il n'ait pas à élever la voix.

Le chauffeur secoua ses raquettes pour en faire tomber la neige :

– Plus moyen d'avancer sur la route à partir du vallon.

Louis avait déposé son bagage et appuyé le dos contre le mur. Tant qu'il avait marché, il n'avait pas éprouvé à ce point la fatigue. Maintenant, son corps exprimait une sorte de détresse. Son cœur battait comme s'il allait et venait à l'intérieur de sa poitrine, des étoiles éclataient à la périphérie de ses yeux en de minuscules explosions. Il contempla son reflet dans la vitre pour constater l'étendue des dégâts. Il vit sa silhouette ramassée, son visage adipeux aux joues pleines et tombantes – les bajoues d'un saint-bernard, aurait dit Françoise en les bécotant ; des cernes creusaient sous son regard des poches où auraient pu tenir des pièces de trente sous. Il ramena machinalement une mèche de ses cheveux noirs, huileux, trop longs, derrière son oreille. Ses lèvres étaient bleuies et gonflées comme les lèvres d'un noyé.

Louis se détourna, déprimé jusqu'à l'écœurement par sa figure.

– Venez, dit civilement le chef de gare, entrez vous réchauffer un peu. Toi, dit-il au chauffeur, va chercher le bidon de soupe chez Mémère Beaulieu.

Le chauffeur rechaussa illico ses raquettes. On le vit prendre la direction d'une cabane qui rougeoyait au loin.

Le chef de gare posa la main sur l'épaule de Louis et lui céda le passage.

La chaleur répandue par le four à bois ne lui fit aucun bien. Louis se sentait plus oppressé. Il desserra son foulard.

– Si vous voulez vous asseoir, j'ai préparé du thé.

Quatre fauteuils formaient un demi-cercle autour d'un feu de cheminée. C'était une chaleur moins agressive que celle du four, et, marchant vers elle, Louis éprouva enfin une sensation de bien-être. Il s'assit du bout des fesses pour pouvoir approcher du feu doux ses mains transies.

L'officier revint avec une théière qu'il déposa sur le

guéridon. Il tendit à Louis une tasse de porcelaine, d'un raffinement qui contrastait avec la grossièreté rustique de la baraque.

– Tenez, monsieur Bapaume. Veuillez m'excuser, mais c'est un drôle de nom, ça, Bapaume. On doit souvent vous le faire répéter. Cela dit, c'est un nom que je connais bien. C'est celui d'un chef-lieu dans la région du Pas-de-Calais et je suis déjà passé par là, vrai comme je vous parle.

Louis se contenta d'un hochement de tête. En général, si on ne lui posait pas une question en bonne et due forme, il n'ouvrait pas la bouche. Il appartenait à ces personnes imaginatives et pleines de ressources que coincent les exigences les plus plates de l'immédiat, qu'on appelle les timides. Le bâtiment faisait à peine huit mètres carrés. À l'ombre d'un escalier qui menait aux combles, les registres s'empilaient avec discipline sur un comptoir dont le babillard était couvert de factures, de feuilles administratives, de cartes routières consciencieusement repliées. Sur la poutre centrale du bâtiment, l'horloge indiquait dix-sept heures vingt. Dessous, un de ces calendriers dont chaque jour emporte une page : 22 décembre.

– Oh, merci, fit-il comme l'officier lui versait son thé.

Louis était arrivé à cette gare vers deux heures de l'après-midi. Il n'avait pas remis les pieds dans ces parages depuis vingt ans et, singulièrement dénué du sens de l'orientation, au point de se perdre à tous coups s'il s'éloignait à trois coins de rue de sa demeure, il avait mal évalué l'étendue du pays. Il avait cru le village de Saint-Aldor pour ainsi dire adjacent à la station, et pensé pouvoir s'y rendre à pied. Mais la distance réelle et la bordée de neige qui était tombée la nuit précédente rendaient l'entreprise hasardeuse, et l'officier la lui avait déconseillée. La déférence de celui-ci à son égard n'avait cessé de l'étonner. Le manque d'éclat de sa personne, sa parfaite médiocrité mondaine, son allure qu'il savait négligée ne lui paraissaient pas propices pour susciter la sympathie, encore moins le respect d'un jeune officier élégant, frais émoulu de la victoire alliée. À tout prendre, Louis préférait qu'on n'ait aucun égard particulier pour lui, qu'on le traite avec sécheresse même. Il ne savait pas comment réagir à la gentillesse. Il le savait d'autant moins que cette gentillesse le touchait au cœur, et créait en lui un tel sentiment de gratitude qu'il confinait à l'anxiété, lui enlevait tous ses moyens.

Le chef de gare prit place à son tour dans un des fauteuils et avec une cordialité qui voulait montrer qu'elle ne s'embarrassait point de manières :

– Et ce monsieur Bapaume ? Quel métier pratique-t-il dans la vie ?

– Quel métier ? murmura Louis, et il battit des paupières comme si cette question lui paraissait insolite et méritait réflexion. Je suis organiste à la basilique Notre-Dame de Montréal. Organiste substitut. Je… Enfin, je compose aussi de la musique.

L'officier eut un sourire qui découvrit deux dents en or.

– Je l'aurais parié… J'aurais deviné à cent pas, rien qu'à votre allure, que vous étiez musicien.

– Ah bon.

– Ma mère est musicienne. Elle enseignait le violon dans le temps, quand elle vivait encore à Paris.

– Voilà qui est intéressant.

Après une réplique si lourde, Louis ne savait pas comment relancer le propos. Ce genre de conversation anodine lui avait toujours été un calvaire. Être obligé de *parler*, de trouver à dire des choses naturelles sur un ton badin, grand Dieu ! D'ordinaire l'interlocuteur, comprenant assez vite, n'insistait pas, et Louis éprouvait alors un amer soulagement, doublé d'un sentiment d'échec et de honte.

Mais le chef de gare eût fait la conversation avec un parapluie. Cette solitude forcée, au sein d'une campagne où le seul village de Saint-Aldor tenait lieu de civilisation, cultivait en lui une démangeaison de s'épancher, de communiquer à un semblable autre chose que des ordres. Il traitait Louis Bapaume avec la connivence spontanée des hommes du monde qui se retrouvent entre soi au milieu des manants. Comme chaque fois qu'on s'adressait à lui, Bapaume était assailli de tics qui contractaient les muscles de son bras, de ses cuisses, de son dos, par ondes imprévisibles, comme des éclairs de chaleur dans un ciel d'été. Et trop occupé à cacher cette nervosité sous un calme de surface, il ne prêtait guère attention à ce qu'on lui racontait. Le militaire était en train de parler du chauffeur.

– Chouinard est de ces simples à qui il suffit de mettre un uniforme, d'épingler sur leur poitrine une médaille ou un grelot pour les combler et les remplir d'une gratitude qui vous les attachera à vie.

Il n'y avait pas de mépris dans ces paroles, à peine un soupçon de moquerie affectueuse, comme on parle d'un bambin.

– Mais maintenant que nous voilà obligés de passer les prochaines heures ensemble, laissez-moi enfin me présenter ! (Le barbare que je suis de ne pas l'avoir fait avant.) Lieutenant Hurtubise. Jacques Hurtubise.

Louis décolla légèrement les fesses de son siège en guise de salut.

– Enchanté. Mais je tiens absolument à me retrouver dès ce soir à Saint-Aldor.

Et comme si ce détail le soumettait à un devoir impérieux, il ajouta :

– J'ai réservé à l'auberge.

Le lieutenant Hurtubise fit une grimace.

– Je crains que ce ne soit impossible. La route ne sera pas déblayée avant demain en fin d'après-midi. Et encore.

L'officier avait conclu de son expérience de meneur d'hommes qu'il fallait toujours les regarder bien en face, et cela intimidait Louis, qui supportait mal qu'on pose les yeux sur sa personne. Il contemplait d'un air sombre le fond de sa tasse.

– Mais vous pourrez disposer de ma chambre en haut, monsieur Bapaume. Je m'installerai ici sur un lit de camp. Soyez sans crainte, j'en ai vu d'autres.

– Je ne peux pas attendre à demain soir. J'ai donné rendez-vous à la famille von Croft pour demain midi. De toute façon, il faut que je reparte pour être à Montréal le jour de Noël. C'est moi qui tiens les orgues pour la Célébration.

Il avait dit cela sur un ton renfrogné, ne s'adressant qu'à lui-même. Cela lui arrivait souvent de parler à voix haute quand il était seul.

– Les von Croft sont de vos amis ? Ou des gens de la famille ?

– Non, dit Louis.

Puis, pour la première fois depuis le début de cette conversation, il se tourna vers l'officier. Et d'une voix soudain chargée d'émotion :

– Une vieille affaire à régler !

Il prit une profonde inspiration, en homme qui contient à grand-peine un remous intérieur. Mais il n'en dit pas plus. Il avait les yeux humides. Il but sa tasse jusqu'à la dernière goutte (ses doigts tremblaient un peu). Hurtubise le considérait avec respect et gravité. Embarrassé, Louis Bapaume déposa sur le guéridon la tasse et la soucoupe.

– Vous en voulez encore ?

– Non, lieutenant, je vous remercie.

L'officier croisa les mains, à l'exception des deux index qu'il joignit sur ses lèvres d'un air méditatif.

– Je ne vois pas pour l'instant ce que l'on pourrait faire. Notre jeep a été réquisitionnée pour le caporal, ainsi que nos chiens, je ne pourrai pas en disposer avant la fin de la semaine.

Le chauffeur arriva par la porte de derrière qui, munie d'un ressort, se referma avec un grand fracas. Il tenait devant lui, à bout de bras, un chaudron d'où s'échappait une épaisse fumée blanche.

– Voilà Chouinard avec la soupe.

Chouinard s'en fut déposer le chaudron sur le carrelage devant le four à bois. Il avait une démarche pataude, dandinante et comique, comme ces pantins qui ne plient pas les genoux. Il flottait dans la pièce un parfum de grains d'orge, d'oignon et de lard bouilli. Chouinard les retrouva et demeura debout près de son officier. « Rien que du vent entre les oreilles », pensa Louis, admiratif. Vingt-deux ans peut-être ? Il avait l'air content. Il rendait service à son lieutenant.

Celui-ci le mit au courant de la situation. Chouinard écouta, la tête penchée vers lui. Puis il se tourna vers Bapaume :

– On peut demander à Maurice.

– Maurice ? fit Louis.

Chouinard s'adressa de nouveau à son lieutenant :

– C'est le fils von Croft. Bien sûr, il est trop tard ce soir. Mais demain à l'aube, il pourrait venir avec les chiens et son traîneau. Je les connais un peu, les von

Croft. Je pourrais leur téléphoner pour leur demander. Ils ont le téléphone.

Hurtubise consulta Bapaume du regard.

– Maurice, dites-vous ?

– Oui, monsieur Bapaume. Maurice von Croft. Il doit avoir autour de quinze ans.

Louis restait bouche bée.

– Et tu crois qu'il accepterait de venir ? reprit Hurtubise.

– Je vais leur téléphoner tout de suite, mon lieutenant.

– Téléphone du même coup à l'auberge pour les informer que Monsieur ne pourra pas y être ce soir. Ça vous va, monsieur Bapaume ?

La perspective de passer la soirée avec l'officier, de partager son repas, de subir le supplice de parler de choses et d'autres, peut-être même de lui-même, donnait à Louis Bapaume l'envie d'aller se pendre. Depuis des heures il appelait de tous ses vœux l'anonymat d'une chambre d'auberge, n'y plus bouger, ne plus penser qu'à la dure épreuve qui l'attendait le lendemain.

Mais avait-il le choix ?

– Je vous suis très reconnaissant de cette hospitalité.

– À la bonne heure ! Allez, mon bon Chouinard, va téléphoner. Mais tout cela vous aura creusé, monsieur Bapaume. Nous avons du fromage, nous avons du pain, nous avons de la bonne soupe. Que demander d'autre au bon Dieu ?

L'officier dressa le couvert en sifflotant. La tournure des événements l'avait mis de belle humeur. « Nous allons parler musique ! » annonça-t-il avec gaieté. Un peu contraint, Louis répondit : « Si vous voulez. » Hurtubise disposa les bols et les assiettes sur le guéridon, trancha le pain et découpa le fromage, tout cela minutieusement, avec un évident plaisir.

– Voilà, dit-il. On ne s'embête pas. À la bonne franquette et hop !

Il se mit à bâfrer le pain, le fromage, la soupe en affectant des manières de hussard, comme s'il voulait faire apparaître, sous le vernis de l'homme du monde, la bonhomie rustre, un peu convenue, qu'on associe au soldat. Louis entreprit de manger à son tour, selon son habitude, en toutes petites quantités, égrenant son pain comme s'il préparait des portions à donner aux oiseaux. Ce n'était pas qu'il mangeât peu. Mais il mangeait longtemps, à petits pas pour ainsi dire, et, de minuscules cuillerées en minuscules cuillerées, il pouvait aisément, au terme d'une soirée, avoir vu le fond de la soupière. C'était comme ça aussi, les rares occasions où il s'adonnait à la boisson.

Retour de Chouinard.

– Les aubergistes ont bien compris qu'à cause de la tempête… Mais ils ont dit qu'ils demanderaient tout de même un dédommagement. Vous comprenez, ils avaient cuisiné le repas…

– Je vais payer, ils n'ont pas à s'en faire. Mais… mais ce jeune Maurice von Croft ?…

Le chauffeur s'anima :

– Oui, bon. Il va arriver en fin d'avant-midi, il ne peut pas avant. C'est à cause des recherches…

– Quelles recherches ? demanda le lieutenant.

– Il paraît que la fille du bedeau de Saint-Aldor a disparu. Elle serait partie dans les montagnes, ce matin, à la première heure. Mais il y a eu retour de la tempête… Enfin, on ne sait pas. Là il est trop tard pour continuer les recherches. Ils vont les reprendre demain au lever du jour.

– Il va falloir dépêcher de nos hommes, fit l'officier en reposant lentement sa cuillère.

– Dans ce cas, il est inutile que le jeune von Croft vienne me prendre. Je pourrai partir avec vos hommes.

Hurtubise eut un mouvement épouvanté.

– Mais vous n'y pensez pas ! Il s'agit d'une véritable expédition. Ils partiront en raquettes, le sac au dos ! Le voyage sera rude et le serait trop pour un homme qui n'est pas entraîné à cela. Non, non, monsieur Bapaume, il est préférable que vous attendiez le fils von Croft.

Louis pencha le front d'un air docile. Il recommença à manger sa soupe avec une lenteur pensive de bovin. Introduisit un bout de fromage dans sa bouche. Ce manque d'enthousiasme intriguait le lieutenant.

– J'espère que ce repas modeste ne vous déçoit pas trop ?

Louis, tout en mâchant, protesta de la main.

– C'est que je ne mange pas vite, expliqua-t-il une fois qu'il eut dégluti.

– Prenez tout le temps qu'il vous plaira.

Louis le remercia. Puis, Dieu sait pourquoi, un engourdissement, une lassitude qu'il n'avait pas sentie venir s'empara de lui, et manger lui apparut tout à coup chose accablante. Il repoussa doucement son assiette :

– Vous m'excuserez mais, la fatigue sans doute…

– Je comprends très bien cela. (Et à son homme de main.) Débarrasse-nous, s'il te plaît.

Chouinard fit un salut militaire et s'exécuta sur-le-champ. Bapaume avait conservé jusque-là son chapeau et son manteau. Il en prit soudain conscience. Il demanda où il pourrait les déposer.

– Mettez-les sur le bahut en attendant que Chouinard les monte à ma chambre. Enfin, la vôtre pour cette nuit…

Bapaume s'approcha de la fenêtre. Les hommes revenant de la voie ferrée rangeaient les pelles et la machinerie dans le hangar au bout du quai. Il se demandait où tous ces gens pouvaient dormir. À part ce hangar et la gare elle-même, il n'avait pas vu de bâtiments aux alentours. Peut-être passaient-ils la nuit là-bas, dans l'édicule que le lieutenant avait identifié comme celui de Mémère Beaulieu.

Trois des hommes s'étaient postés sur la galerie. Ils observaient le ciel en fumant. L'un d'entre eux était appuyé du coude au rebord de la fenêtre. Sans la vitre, Bapaume eût pu le toucher de la main. Le jeune homme tenait sa cigarette entre son pouce et son index, car les trois autres doigts avaient été tranchés à la phalange. Quand il aperçut Bapaume, il se retira modestement de la fenêtre, comme s'il ne voulait pas faire écran entre le voyageur et la nuit.

La lune venait de se lever. Si proche et si limpide qu'on aurait pu compter ses rides, enfoncer le doigt dans chacun de ses cratères. De l'angle où Louis la voyait, elle apparaissait au sommet d'un sapin gigantesque, et on pensait à une tête de lumière sur un grand corps d'arbre.

Ou encore à un bilboquet. Il régnait dans la campagne la même clarté que dans une église les soirs de cierges et de procession. Pas un souffle n'agitait la neige. Elle tenait comme par miracle au bout des branches, avec des scintillements, et cela faisait tant d'étoiles que c'était comme si la Voie lactée s'était trompée de chemin et endormie entre les montagnes. Alors pourquoi attendre ? Pourquoi ne pas en profiter pour poursuivre les recherches, on pouvait distinguer un sou noir à trente pas, chaque minute n'était-elle pas précieuse ? La voix d'Hurtubise derrière lui :

– En dessous des pins on ne voit pas à six pouces devant soi.

– Mais cette femme… jamais je ne croirai… elle doit connaître le pays ? Qu'est-ce qui a bien pu se passer ?

– Les pluies de l'été dernier. Il y a eu des effondrements de terrain. Le paysage des montagnes peut à certains endroits avoir été complètement modifié, même pour quelqu'un qui le connaît depuis l'enfance. Comptez aussi qu'on est d'autant moins prudent que l'on se sent en terrain connu. Une crevasse inattendue, et ça vous fait une chute de trente mètres. Savez-vous ce que c'est que de tomber dans une crevasse comble de neige poudreuse ? Le choc s'en trouve peut-être amorti, mais on s'enfonce, on s'enfonce, comme dans des sables mouvants.

Le lieutenant s'était allumé une pipe. Il demeurait dans son fauteuil, la cheville de sa jambe gauche posée sur son genou droit.

– Vous dites ? Les porcs-épics… ?

– Rien, lieutenant. Je me parlais à moi-même. Veuillez me pardonner.

En revenant à son fauteuil, Louis s'arrêta devant le portrait d'une jeune femme qui ornait le comptoir. Durant l'après-midi, alors qu'il venait tout juste d'arriver à la gare, il avait remarqué cette aquarelle. Le prénom de la jeune femme était écrit au bas du dessin, et c'est ce prénom qui l'avait frappé.

– Le portrait de ma mère jeune fille, avait dit l'officier en souriant.

Puis il avait rougi.

*

* *

Le lieutenant Hurtubise avait communiqué par téléphone avec des responsables de Saint-Aldor. Il désirait obtenir des renseignements plus précis sur les recherches effectuées. Il alla ensuite parler à ses hommes pour leur donner les consignes du lendemain. Bapaume examinait les partitions qu'il avait sorties de sa mallette. Il revenait souvent deux pages en arrière, car il se rendait compte que la musique jouait toute seule dans sa tête, sans qu'il lui prête attention. Le menton appuyé sur la poitrine, il avait commencé de somnoler. Il sursauta quand l'officier posa la main sur son épaule.

– Vous pouvez vous étendre sur le lit de camp, si vous voulez, en attendant que la chambre soit prête.

– Non, je vous assure, ça ira. Si je dors tout de suite, je vais me réveiller au milieu de la nuit.

On n'entendait plus le remue-ménage des hommes sur la galerie, ni les cris dont ils s'interpellaient d'un bout à l'autre du terrain.

– Mais je ne crois pas que je veillerai très tard. J'ai une rude journée demain.

– Chouinard est parti verrouiller le hangar. Dès son retour il préparera la chambre.

– Oh, ne vous donnez pas tant de peine. Je pourrais dormir par terre, vous savez.

Hurtubise considéra Louis Bapaume en silence. On aurait dit qu'il était tenté par une question, sans oser la poser. Une humilité voisine de la supplication contractait de manière bizarre les pupilles du voyageur, lui faisait les yeux tout petits, comme un homme à qui on collerait un pistolet sur la tempe. Hurtubise en éprouva de la gêne et, ramassant sa pipe, se dirigea vers un des angles du bâtiment, où se trouvait un phonographe.

– Ce n'est pas le pactole, dit l'officier, mais j'ai quelques bons enregistrements. Du Schumann, ça vous irait ?

– Je ne demande pas mieux.

Hurtubise manipula les disques avec la précaution jalouse, un peu intolérante et narcissique du collectionneur, soufflant sur les sillons pour en enlever la poussière. Dès que les premiers grésillements se firent entendre :

– Mais dites-moi, ces von Croft ? Sans vouloir être indiscret… Qui sont-ils ? Des Allemands, il ne doit pas y en avoir des quantités dans la région ?

– Les *Davidsbündlertänze,* murmura Bapaume en entendant les premières mesures.

– Voilà. Vous avez deviné.

Le lieutenant revint s'asseoir. Il attendait réponse à sa question. Louis souleva les épaules, en signe d'ignorance.

– Je sais bien peu de choses sur eux. Je ne les ai pas vus depuis vingt ans. J'étais maître de musique à Saint-Aldor à ce moment-là. M. von Croft m'avait engagé pour enseigner la musique à ses fillettes…

– Et vous revenez les voir comme ça, vingt ans plus tard ?

– C'est que… c'est une affaire personnelle.

De nouveau Hurtubise considéra Louis sans rien dire. Pour éviter d'être interrogé sur les motifs de sa venue, ce dernier entreprit de raconter le peu qu'il savait de Robert von Croft. Il avait quitté l'Allemagne au début des années vingt. Ébéniste de son état, il avait appartenu dans sa jeunesse à un regroupement ouvrier et avait eu maille à partir avec des mouvements extrémistes, Dieu sait comment et pourquoi. Il avait en outre épousé une Juive, ce qui n'était pas pour lui faciliter les choses.

– Évidemment, fit l'officier avec un haussement de sourcils.

C'est une question de langue vraisemblablement qui, une fois arrêtée la décision de fuir l'Europe, leur avait inspiré l'idée de s'établir au Canada, car c'était une Israélite d'origine française.

– C'est drôle, dit Hurtubise, ma mère aussi est juive.

La femme avait mis au monde deux filles – des jumelles identiques. Elle était morte en couches.

– Depuis, j'imagine que M. von Croft s'est remarié, puisqu'il a maintenant un fils. Et puis… voilà. C'est tout ce que je sais.

Bapaume détourna sa figure. De son index il battait la mesure sur le bras de son fauteuil. Il se sentait coupable, il avait vaguement honte, parce que Hurtubise avait dit que sa mère était juive.

– Cela vous sera étrange, j'imagine, de revoir ces gens tant d'années plus tard. Ces jumelles surtout. C'est bizarre. Il y a des fillettes, on les connaît à l'âge des comptines, elles sont la poésie en personne, à tu et à toi avec les lutins et les papillons, tout ce que vous voudrez, et d'un charme à bouleverser. On se demande avec une sorte de vertige quelles fées cela deviendra en grandissant. Et puis on les rencontre dix ans plus tard, elles ne songent plus qu'à épouser le fils du notaire. Il y a là un mystère pour moi.

– Mon père était notaire. On ne m'a jamais couru après pour m'épouser.

– Enfin, ce n'est peut-être qu'une impression personnelle, dit Hurtubise avec un geste de la main comme pour chasser un mauvais souvenir.

Le récit de Bapaume avait aiguisé la curiosité de l'officier, qui comprenait encore moins ce qui pouvait motiver un tel retour après vingt ans. Avec tout autre, il eût surmonté ses scrupules et risqué une question franche. Mais il y avait je ne sais quoi dans l'attitude du voyageur, docile pourtant et visiblement désireux de complaire aux vœux d'autrui, qui dressait autour de lui un mur de secrets, un mur de faiblesse, propre à décourager les indiscrétions. Le disque s'était mis à sauter, Hurtubise se leva et éteignit le phonographe.

Louis suivait le lieutenant du coin de l'œil. Il se sentait comme lorsque, enfant, il venait d'exécuter une *Invention* de Bach et qu'il attendait la sentence de son professeur (lequel faisait cela aussi : se poster à la fenêtre, les mains croisées derrière le dos, sans rien dire). À son tour, Louis aurait pu demander à l'officier ce que lui-même était venu faire dans les parages. Pourquoi une troupe armée au milieu de ces montagnes perdues ? Mais moitié manque d'audace, moitié lassitude, par résignation aussi aux questions sans réponses qui semblent former le noyau dur du monde, Bapaume renonça à interroger le lieutenant.

Qui contemplait les montagnes en mâchouillant sa pipe. Durant plusieurs minutes, ce fut comme si chacun avait abandonné l'autre à ses occupations et qu'ils se fussent trouvés dans des pièces séparées. Hurtubise sortait un carnet de sa poche et notait des phrases. Bapaume feuilletait ses partitions. Ni l'un ni l'autre ne disaient rien. Mais dans ce silence, en bruit de fond pour ainsi dire, il y avait la fille du bedeau qui exerçait sa hantise, qui surgissait par à-coups à l'esprit, comme le tic-tac d'une horloge dont on prend soudain conscience.

Chouinard rentra brusquement, tout excité :

– Mon lieutenant ! Regardez ce que j'ai là !

Il brandissait à bout de bras un objet. Bapaume ne comprit pas tout de suite ce que c'était. L'officier commença par demander à Chouinard de lui remettre les clés du hangar. Il les lui rendit avec un empressement impatient.

– Mais regardez, mon lieutenant, regardez donc ! C'est

pas possible ! J'étais en train de ranger les cordes de bois. J'entends un bruit, je lève la tête, qu'est-ce que je vois perché sur le poteau ? Eh oui ! un harfang ! J'ai frappé le poteau avec la masse, comme ça, pour le plaisir de l'embêter, vous savez comme je suis. Évidemment, ça l'a comme réveillé. Et le v'là qui part vers les bois. Mais voyez ce qui lui est tombé des pattes !

– Un harfang ? Tu es sûr ?

Hurtubise était sceptique.

– Mais je vous jure !

Chouinard exhiba sa trouvaille sous le nez de Louis Bapaume. C'était un jouet pour enfants : un ourson de peluche. Le ventre en avait été déchiré, sans doute par le bec et les serres du rapace. Il lui manquait un œil. Une des oreilles était arrachée. Elle devait se trouver dans le ventre de l'oiseau.

– Je vais en faire cadeau à ma nièce, expliqua Chouinard ravi.

Et il sortit de son parka des aiguilles et du fil. Ce détail amusa Bapaume. Il n'eût pas été surpris d'apprendre que ce parka contenait aussi un marteau, une scie, une poêle à frire, un escabeau. Pour la première fois de la journée, Hurtubise vit le voyageur faire ce dont jusque-là il n'avait pas été loin de le croire tout à fait incapable.

Si du moins on pouvait appeler sourire cet à peine perceptible redressement des commissures. Chouinard s'était assis en tailleur et s'appliquait à raccommoder la bedaine de l'ourson. Une longue goutte élastique pendouillait à son nez, qu'il reniflait avec une persévérance placide, et qui s'étirait de nouveau, dans un mouvement de Yo-Yo.

– Tu t'occuperas de ça plus tard, lui dit l'officier. Monte plutôt préparer la chambre de Monsieur, qui est très fatigué. Et mouche-toi un peu, pour l'amour du ciel !

Chouinard le fit dans sa manche. Il alla déposer l'ourson sur le bahut puis, avec une nuance boudeuse dans le geste, ramassa le peu de bagage du voyageur et, en trois enjambées, disparut à l'étage. Hurtubise revint de derrière le comptoir avec une bouteille à la main.

– Le bon caribou du pays, fit-il avec le clin d'œil de circonstance. Un ou deux petits verres avant de se coucher, ça aide à chasser les mauvais rêves.

Bapaume n'en était pas convaincu. Mais ses rapports avec les autres auraient justement été dix fois moins compliqués s'il avait été homme à savoir dire non. Il accepta le verre. Hurtubise se mit illico à causer musique, car payer à boire c'est acheter le droit d'imposer sa marotte. Il se révéla ce qu'on appelle un mélomane averti. Question enregistrements et interprétations célèbres, sa compétence dépassait de loin celle de Bapaume, qui n'était pas un dilettante. Louis se laissait enseigner en acquiesçant de la tête.

Le monologue de l'officier glissa sans solution de continuité sur le thème de sa mère. Louis pensait à Françoise. Il interrompit Hurtubise au milieu d'une phrase. Il s'entendit demander :

– Est-ce que votre père aussi était musicien ?

L'officier posa l'ongle de son pouce entre ses dents et interrogea ses souvenirs.

– C'est bizarre, je ne me suis jamais posé la question. Mais je ne me rappelle pas que ma mère m'ait dit quoi que ce soit à ce sujet. Voyez-vous, je n'ai pas connu mon père, il est mort en France quand j'avais huit mois. Il était médecin, c'est tout ce que j'en sais.

Hurtubise eut un petit rire naïf et sans raison. Il approcha la bouteille pour verser au voyageur un second doigt de caribou. Mais Bapaume mit la main au-dessus de son verre.

– Je vous remercie, mais je supporte mal l'alcool. J'avais un professeur d'harmonie, une religieuse, sœur Marie-Ange, qui avait coutume de nous dire : « Ne commettez jamais l'erreur de vous marier entre musiciens. »

Hurtubise considéra la question, en homme qui aime réfléchir et ne refuse rien de ce qu'on lui offre.

– Et vous ? demanda-t-il avec une curiosité ardente qui décontenança Bapaume. Qu'en pensez-vous, vous-même ? Vous avez épousé une musicienne ?

Il avait remarqué l'anneau que Louis portait à son doigt.

– Quand j'ai connu Françoise, elle arrivait tout juste de Paris, elle était violoniste dans un orchestre de chambre.

Sourire incrédule d'Hurtubise.

– Non ? Vrai ? Mais quel hasard curieux !... Ma mère aussi s'appelle Françoise. C'est même écrit sur son portrait, là, derrière le comptoir.

– J'avais remarqué, dit Louis.

Cette coïncidence semblait ravir l'officier.

– La chambre de Monsieur est prête, déclara Chouinard en descendant l'escalier à toute vitesse.

Il s'empressa vers son ourson comme s'il n'y avait rien de plus urgent.

L'officier se pencha sur les partitions que Bapaume avait abandonnées sur une chaise.

– C'est de vous ?

– De la musique que j'ai retranscrite, simplement, dit Bapaume qui referma le cahier et le glissa sous son bras. Maintenant, lieutenant, vous m'excuserez, je suis si épuisé...

– Mais bien entendu, monsieur Bapaume, je vous ai déjà trop retenu.

Louis eût préféré monter sans le lieutenant. Il lui était difficile de trouver le repos dans une chambre où il n'entrait pas seul. (Il aurait fallu du temps à Françoise pour s'accoutumer à l'idée qu'il dormît dans le réduit près du piano, parmi ses feuilles de musique...) C'est que les rêves que l'on fait dépendent des lieux où l'on dort. Il ne l'avait pas entendu dire, il n'avait pas lu ça quelque part, il le savait par l'autorité que confère une expérience vécue, mille fois répétée. Entrer sans vergogne dans une chambre, faire du bruit, discuter avec un comparse lui paraissait aussi irresponsable que de claquer des talons dans la cage d'un fauve assoupi. Il ne fallait pas en les brusquant s'attirer la colère des songes.

– Prenez garde de ne pas vous cogner la tête si vous vous levez durant la nuit, dit l'officier.

Le mur en effet faisait au-dessus du lit un angle qui suivait l'inclinaison du toit. Un petit secrétaire jaune était placé sous la lucarne. Au pied du lit, un tuyau de caoutchouc surmontait un lavabo de fortune où coulait en permanence un filet d'eau qui paraissait glacé.

– Tenez, il y a aussi une serviette et une débarbouillette. Et sous le lit vous trouverez le... le pot de chambre, quoi.

– Merci pour tout.

L'officier tardait à partir. Il continuait à parler comme si de rien n'était. Il avoua en rosissant qu'il tâtait du piano, oh ! en simple amateur bien sûr, surtout du jazz, domaine où l'ignorance de Louis était absolue, et son intérêt nul. Quand Hurtubise fut sur le point de s'asseoir, le voyageur ne put retenir un claquement de langue qui trahissait son impatience. « Bon, j'y vais », fit l'officier. Puis, avec ce même rire candide qui dévoilait ses molaires en or :

– C'est quand même formidable. Votre épouse et ma

mère. Toutes les deux violonistes, toutes les deux parisiennes, et toutes les deux prénommées Françoise ! On pourrait organiser une rencontre à mon retour, qu'en dites-vous ? Ma mère aussi habite Montréal.

Cette proposition, pourtant banale, parut troubler le voyageur.

– Je ne sais pas, dit-il. Oui, peut-être.

Hurtubise lui souhaita bonne nuit en lui serrant la main avec chaleur, comme si toutes ces coïncidences créaient entre eux un lien supplémentaire. Bapaume s'étonnait toujours devant les personnes que les hasards enchantent. Qui y voient la confirmation que le cours du monde rime à quelque chose, qu'ils ne nagent pas dans une mer de néant.

– Vous auriez pu ajouter toutes les deux juives, murmura-t-il en direction de la porte que l'officier venait de refermer derrière lui.

*

*   *

Il demeura de longues minutes assis sur le lit. Peur de s'étendre, peur de dormir, peur de rêver, se préparant au sommeil avec la même angoisse qu'il se préparerait à une lutte. Il lui semblait qu'avec ses bavardages le lieutenant avait fait lever dans la pièce une poussière de mauvais rêves, comme dans ces grottes où les pas d'un intrus déclenchent une averse de chauves-souris.

Il commença de se dévêtir. Il avait craint le froid, qu'il tolérait moins que toute chose, mais au bout du compte, la cheminée traversant la pièce par son centre, il aurait presque jugé la chaleur excessive. Il jeta ses vêtements sans soin sur le secrétaire. Il croisa dans le miroir son corps à moitié nu, épais, velu, grotesque, puis son air chagrin de gros bébé boudeur. (Françoise l'aurait immédiatement rassuré : « Mais non, tu ressembles à Hugo avant sa barbe, tout le monde le dit. ») Il ouvrit sa mallette. Sous la pile des partitions, il sortit son nécessaire à rasage, dans lequel il chercha en vain le blaireau. Puis, dans la poche de son pyjama, il découvrit une enveloppe.

Louis enfila son vêtement de nuit sans quitter celle-ci des yeux. Il décida de se faire la barbe sur-le-champ. Il trouvait toutes sortes de bonnes raisons de ne pas attendre au lendemain, mais il ne pouvait se cacher qu'il cherchait à différer le moment où il aurait à ouvrir l'enveloppe. Faute de blaireau, il dut se raser à sec. Dans le miroir, ce visage bouffi qui le regardait avec tristesse et étonnement confirmait sa ressemblance avec Victor Hugo (celui des premières années d'exil, le fou halluciné de l'île de Jersey). S'il avait pu, à une certaine époque, en tirer un rien de satisfaction puérile, cette ressemblance aujourd'hui lui était une croix de plus. Elle ajoutait au ridicule de sa personne, comme les aliénés des temps anciens qu'on revêtait par dérision d'un costume de roi.

L'enveloppe n'était pas cachetée. Il prit d'abord la dent qui se trouvait à l'intérieur. C'était une dent du fond, sa molaire des grands jours, à laquelle il devait des semaines entières de torture et de nuits blanches, à raison de trois crises par année, avant qu'il se décide à se l'arracher lui-même. Cela crée des liens, et il s'était attaché à elle. Il l'avait posée depuis sur le pupitre du piano, comme un fétiche. Debout, elle ressemblait à un menhir et, couchée, on aurait dit la tête coupée d'un dauphin. La racine en était noire, avec d'infimes lambeaux de chair momifiée, couleur grenat. Louis la flaira prudemment, comme un chien le fait d'un vieil os, avec une petite grimace réticente. Puis il ferma les paupières et l'introduisit dans sa bouche. Il la rechaussa délicatement à l'intérieur du creux où elle avait vécu sa vie de molaire, et serra les mâchoires pour l'y enfoncer mieux et éveiller des souvenirs. La douleur, exquise, le fit bondir de sa chaise. Il recracha la dent dans sa paume. Une saveur de sang s'était répandue dans sa bouche. Quand il déplia la feuille, son cœur ne battait ni plus vite ni plus fort ; il avait plutôt la sensation curieuse qu'il *tremblait*.

Mon amour,
mon mari,
mon grand fleuve infini,

Qu'espères-tu donc en entreprenant ce que tu entreprends ? Souffrir ? Souffrir comme si nous n'avions pas assez souffert dans les derniers mois ? T'humilier peut-être ? Qui espères-tu vaincre et de quelle espèce de force auras-tu donc donné la preuve au bout du compte ? Une vie entière me liait à toi, et j'ai l'impression qu'il n'en reste plus qu'un fil, qui rétrécit en s'étirant ; si tu continues à t'éloigner ainsi de moi, qui sait s'il ne finira pas, contre tout espoir, contre toute attente, par se rompre ? C'est au nom de notre amour, de ce qu'il a de sacré, et que les événements des derniers mois ainsi que mon propre péril devraient rendre plus sacré encore, c'est au nom de notre enfant que je te demande d'abandonner là ton absurde projet et de venir à ma rescousse, moi qui suis prisonnière du froid, moi que les neiges éternelles sont en train d'engloutir.

Si ce n'était que des von Croft !... Mais je sais la signification, la gravité que tu prêtes à tout cela, et je crois que tu t'engages dans une voie qui n'a d'autre sens que celui de ta destruction et, par la même occa-

sion, de la mienne. L'ordre moral du monde, son équilibre, qui es-tu pour prétendre porter cela sur tes épaules ? Oh ! je sais, tu me diras qu'il ne s'agit que de toi, que tu n'obéis qu'à l'exigence de ton devoir, que tu as du reste exagérée toute ta vie. Mais tu oublies qu'il y a moi, moi qui n'existe que par toi, et que tu entraîneras dans ta chute, si tu persistes ainsi à vouloir, de toi-même, de ta propre initiative, te précipiter dans le vide. Et au terme de tout cela, mon amour, en quoi la face de l'univers sera-t-elle changée ?

Oui, me revenir... Mais revenir aussi à ton œuvre, Louis, à ton œuvre ! J'ai relu la lettre d'Olivier Messiaen. Mesures-tu bien ce que cela représente, quel geste de fraternité, quel encouragement à persévérer ? Je ne trouve pas les mots pour t'exprimer le désespoir que j'ai éprouvé, le matin où tu t'es présenté dans ma chambre, la figure défaite, l'air de n'avoir pas dormi de la nuit. Et je sais – oh ! ne mens pas ! –, je sais que tu avais bu. Je n'oublierai jamais ton regard (qui m'évitait, qui me fuyait) quand tu m'as dit : « J'ai abandonné mon oratorio... » Tu n'ignorais pourtant pas que, depuis des mois, je ne devais de continuer à vivre qu'à cette musique. As-tu donc oublié qu'il ne s'agissait ni plus ni moins que de me sauver ? As-tu donc oublié ta Promesse ? Je laisse aux autres le soin d'en rire, mais si ma vérité est étrange, elle n'en est pas moins ma vérité, et j'affirme que j'ai besoin de cette musique pour exister. Le comprends-tu ? Pas seulement pour donner un sens à ma vie. Mais pour respirer, Louis, juste respirer.

Je commettrai le sacrilège d'affirmer que je connais sur cela la position de Dieu. Il se joint à moi pour t'ordonner – non ! pas t'ordonner, car il faut croire, malgré ce qui nous est arrivé de terrible, que Dieu n'use pas de violence –, pour te supplier, oui, te supplier de t'abstenir du CRIME *de ne pas mener à bien cet ouvrage. Reviens, mon amour, je t'en conjure. Laisse là tous les von Croft du monde s'il en est encore temps. Je t'aimerai quoi qu'il arrive. Mais dépêche-toi. Mes doigts sont glacés. Il y a du frimas aux fenêtres. Je ne sens presque plus battre mon cœur dans ma poitrine.*

Ton épouse devant Dieu,

Françoise

Louis avait éteint la lampe. Il venait de feuilleter un album de photos publié par les forces armées, que le lieutenant avait laissé dans la chambre. Il était maintenant assis sur le buvard du secrétaire et regardait une dernière fois la nuit avant de se coucher. Les larmes coulaient toutes seules, tranquillement, sans sanglots. Ce n'était pas lui qui pleurait. À une partie de lui-même, qui lui était devenue étrangère, Louis permettait encore, par trop-plein, de verser des larmes. Mais lui, il ne s'en reconnaissait plus le droit. Son cœur était boursouflé de honte. Il avait démérité de la vie sur toute la ligne.

Les nuages envahissaient le ciel avec une vélocité fascinante, comme dans les films d'épouvante. Bientôt on ne vit plus de la neige qu'une stupeur grise et la campagne se perdit dans l'obscurité. Seul demeurait un anneau de firmament à l'horizon, bleu ecchymose, où une dernière étoile brillait comme un éclat de miroir au soleil. Louis pensait à la fille du bedeau. Qu'éprouvait-elle, si elle était encore de ce monde ? À l'heure où elle commençait peut-être à désespérer d'un secours, cette femme voyait le ciel se refermer au-dessus d'elle, comme sur la mouche prisonnière l'ombre grandissante de l'araignée, et cette étoile fiévreuse, qui brûlait avec l'intensité de ce qui ne veut pas mourir, ressemblait à un cri effrayant et muet.

Louis tira le rideau et posa la tête sur l'oreiller. L'étoile était toujours visible à travers la guipure du rideau. Il ferma les paupières et il lui sembla voir encore cette étoile, il songea à la jeune princesse de la légende qui n'arrive pas à effacer les taches de sang sur sa main.

Des présences anonymes se répandaient dans les ténèbres autour de Louis, aussi lentes que de la fumée, et des sensations d'effleurements, de chuchotements à son oreille. Ses épaules s'engourdissaient. Il faisait des efforts confus, comme pour maintenir sa tête hors de l'eau. Libéré de toute horloge, le temps se disloquait. Louis s'aperçut soudain avec détresse qu'il prêtait à la fille du bedeau les traits de Françoise mais il était trop tard, le poids de pierre du sommeil à son cou il coula à pic dans les remous du rêve.

Le claquement d'un fouet le fit sursauter dans son lit, et Louis se cogna le crâne contre le plafond déclive. Suivit un tremblement entrechoqué qui évoquait des castagnettes. Puis rien. Cela semblait venir de sous le secrétaire. L'esprit encore dans les brumes, il alluma la lampe et se pencha.

Une souris achevait d'expirer, le cou coincé dans une trappe. Sa patte était encore animée d'une secousse spasmodique. Il la saisit par la queue.

Louis grommelait des phrases incohérentes en dépêtrant la souris, des gouttes de sang tombaient sur ses orteils nus, il agissait en somnambule. Il lança au hasard la bestiole dans un coin obscur de la pièce. Sous le filet d'eau il frotta énergiquement la trappe afin d'en faire disparaître toute trace d'éclaboussures. Il la secoua ensuite pour bien l'égoutter. Enfin, avant de retourner à la confusion de son rêve, avec le sentiment d'un devoir accompli, il la jeta négligemment au fond de sa mallette.

LE GRAIN DE BEAUTÉ

Il fut réveillé par le hurlement des chiens. Il consulta sa montre. Il était dix heures passées. Se pouvait-il que le fils von Croft soit déjà là ? Pourquoi l'avait-on laissé dormir si tard ?

Le soleil pénétrait par la lucarne, coup d'épée porté dans la pénombre. Louis essaya de jeter un œil au-dehors, mais la lumière était si vive qu'il recula d'un pas, comme sous l'effet d'une gifle. On frappa à la porte. Il enfila un pantalon. L'officier était en bras de chemise.

– Je n'ai pas pu vous tirer du sommeil. J'avais peur que vous ne soyez malade. Vous rêviez, vous parliez de porcs-épics. Comment vous sentez-vous ce matin ?

– Je ne sais pas encore.

– Le fils von Croft est arrivé.

– Maurice ?… Demandez-lui d'attendre. Le temps de faire ma toilette.

Louis referma la porte et demeura la main posée sur le chambranle. Son cœur battait de grands coups de sang qui vibraient dans ses oreilles, cognaient dans ses poignets. Il était envahi par le trac.

En descendant l'escalier, il aperçut Maurice von Croft assis devant le feu. Il portait un manteau épais qui augmentait la carrure de ses épaules. Ses cheveux filasse étaient plaqués sur ses tempes comme s'il avait sué sous un chapeau. Une émotion inexplicable étreignait

Bapaume. « Je n'ai pourtant rien à voir avec lui, se disait-il. Ce n'est pas à *lui* que j'aurai affaire. » Le garçon se leva à son approche. Il avait une figure aiguë avec de petits yeux marron, nerveux et fuyants. Il murmura à peine bonjour. Il paraissait pressé d'exécuter les ordres. Il posa sur sa tête une casquette de cuir doublée de renard, dont les oreilles étaient rabattues sur ses joues. Du dehors parvenait l'aboiement des chiens.

– Regardez-moi cet imbécile, dit en riant Hurtubise.

Il observait par la fenêtre les grimaces et les gesticulations de Chouinard qui s'amusait à exciter les bêtes.

La table pliante avait été installée près de la cheminée. Une nappe à carreaux, des cretons, une miche de pain, de la soupe aux grains d'orge, des confitures et du gros beurre, Hurtubise avait veillé à tout, sans doute jusqu'à des détails que son invité ne remarquait pas. Une cafetière fumante mariait son parfum à celui des bûches de cèdre qui sifflaient dans le foyer. Il n'était pas permis de refuser un repas préparé avec autant d'amical souci, et Bapaume s'y résigna. Timide et hésitant, le jeune von Croft finit par accepter à son tour l'invitation du lieutenant. Il s'empara avidement du pot de confitures et se confectionna une tartine.

– Pas de nouvelles encore, fit l'officier à la question de Bapaume. Les recherches se poursuivent.

Hurtubise avait les traits tirés d'un homme qui a mal dormi. Il s'était attablé avec eux mais, affirmant avoir déjà déjeuné, il fumait une cigarette. Bapaume devinait qu'il était préoccupé par la fille du bedeau (par humanité, certes, mais aussi, peut-être, parce qu'il avait dépêché des hommes, et que la réputation de sa troupe, et son honneur de chef, était en jeu). Louis mâchait sans appétit, en essayant de penser à autre chose, pour ne pas céder au dégoût que les aliments lui inspiraient le matin.

On ne voyait à peu près rien au travers des vitres tant elles étaient éclaboussées de lumière.

L'ourson trouvé la veille avait été reprisé : il trônait sur le comptoir, la tête appuyée sur le téléphone. Chouinard lui avait cousu un bouton de culotte à la place de l'œil droit, mais une oreille lui manquait toujours. Louis n'arrivait pas à en détacher son attention. Maurice von Croft mangeait en laissant de la confiture partout autour de sa bouche. Personne ne disait rien. Hurtubise lissait rêveusement un coin de la nappe.

Louis quitta la table.

– N'oubliez pas que le dernier train part ce soir à huit heures.

– Je crois pouvoir être de retour bien avant.

Maurice gagna aussitôt la sortie et le lieutenant le suivit.

– Je vous rejoins à l'instant, dit Bapaume qui monta chercher son bagage à la chambre.

Les chiens – des samoyèdes – s'ébrouèrent sitôt qu'ils virent le fils von Croft. Ils se frottaient les uns sur les autres, se donnaient des coups de gueule, reniflaient par terre, ou dans le derrière du voisin, comme c'est l'usage entre collègues. Chouinard transportait des caisses le long du quai. Sa silhouette se découpait, toute noire, sur le ciel flambant bleu. Il n'y avait pas un seul nuage. L'éclat de la neige était d'une telle violence que c'était aussi douloureux que de se mettre un doigt dans l'œil.

Maurice introduisit la main dans un seau à charbon et dessina sur ses pommettes une large marque noire. L'officier conseilla à Bapaume de faire de même. Louis s'exécuta mais ne vit pas une grande différence, la lumière l'aveuglait tout autant. Il avait les jambes molles, les chiens faisant naître chez lui une peur enfantine. Il décrivit un arc de cercle pour éviter de passer près d'eux. Il prit place dans le traîneau. L'officier étendit sur ses cuisses une couverture de laine.

L'attelage était constitué d'une dizaine de bêtes. Maurice von Croft déposa le bagage contre les tibias de Louis.

– Pas trop inconfortable ?

La douceur de cette voix, qu'il entendait pour la première fois, la richesse de son timbre parurent à Louis si singulières qu'il lui demanda de répéter, pour l'entendre de nouveau. Mais le garçon se contenta de le dévisager.

– Je crois que ça ira, dit Louis.

Maurice monta à l'arrière du traîneau.

– N'oubliez pas, monsieur Bapaume ! Huit heures ! De toute façon je vous attendrai !

Les chiens se précipitèrent aussitôt comme des affamés devant qui on traînerait un quartier de viande saignante. Chouinard les rejoignit à grand renfort de cris. Il courut à toutes jambes aux côtés de la luge jusqu'à ce qu'il ne puisse plus maintenir la cadence.

– N'oubliez pas de me ramener des cartes postales de Saint-Aldor ! clama-t-il, les mains en porte-voix.

Puis, saisissant la neige à pleines poignées, il se mit à la lancer en l'air. Les cristaux retombaient en miroitant contre le ciel bleu, et Chouinard les admirait tellement que cela le faisait rire. C'est ce que voulait signifier le lieutenant Hurtubise quand il disait que ce gars-là avait le sens des valeurs.

*

* *

Le traîneau parvint au vallon et, le contournant, se mit à longer la forêt. La route n'était qu'un mince ruban ; une automobile n'aurait pu y tenir. À chaque instant, Maurice devait d'un coup de guidon rétablir l'attelage qui menaçait de déborder. Ils allaient à toute vitesse. Des branches basses fouettaient le flanc du traîneau, écorchaient les chiens, qui ne diminuaient pas pour autant leur allure. Louis éprouvait la sensation d'une chute. L'air emplissait ses oreilles de bourdonnements. Le froid, brûlant comme un souffle de forge, cinglait les joues. La lumière éclatait de partout, assourdissante comme des cris.

Un coup de fusil résonna à travers la campagne et les bandes de neige striées à la périphérie du vallon craquelèrent, s'effritèrent, s'affaissèrent par pans entiers.

– Qui tire comme ça ? Est-ce que ça ne nuira pas aux recherches s'il y a des avalanches ?

– Sais pas.

L'attelage prit à l'intérieur du bois un chemin plus étroit encore. Maurice modéra ses bêtes. La neige tombait des branches, légère et envahissante, ou alors par paquets denses et lourds comme des sacs de farine. Louis releva la couverture par-dessus sa tête. Le halètement des samoyèdes saturait l'air de buée. On respirait l'odeur puissante de leur haleine.

Le jeune garçon ne disait pas un mot. Mais maintenant que la course était plus lente, il risquait vers lui des regards hésitants que Bapaume aurait voulu retenir, par un geste, par une parole, mais qui fuyaient aussitôt qu'ils rencontraient le sien. Ils étaient deux enfants timides qui sympathisent de loin au terrain de jeux et n'osent le premier signe de reconnaissance. Louis en venait presque à souhaiter un contretemps. Qu'ils se trompent de chemin, par exemple, ou que le traîneau verse dans le fossé. Il avait envie de partager avec lui, fût-ce des embêtements. C'est qu'à mesure qu'il approchait du but, il lui semblait que son projet perdait de son urgence. Il aurait aimé prendre un bref congé de lui-même, une bouffée de connivence avant l'épreuve.

Il y avait un thermos calé au fond du traîneau. Louis le supposa rempli de café chaud. En boire assis à l'ombre d'un rocher, sans penser à rien, ensemble et seuls au milieu de la neige, abrités sous la même couverture, entourés d'un silence qui serait comme la musique de cette blancheur, ce n'aurait pas été un crime. Il aurait pu même, qui sait ? prendre la main de Maurice dans la sienne…

Comme si son vœu s'exauçait, le garçon stoppa l'attelage au milieu d'une clairière. Il marcha jusqu'à l'orée du bois. Il écarta les jambes.

– Retournez-vous ! lança-t-il par-dessus son épaule.

Louis rougit. Il entendit le tambourinement du liquide chaud trouant la croûte givrée.

Une autre détonation ébranla la cime des arbres et de nouveau fit s'abattre de lourdes poches de neige. Louis se tourna en direction de Maurice. Une trace jaunâtre dans la neige, encore fumante, mais le garçon était parti. Bapaume se leva, regarda autour de lui. Il voulut appeler, mais le nom de Maurice lui restait dans la gorge, il se sentait incapable de le *crier*.

L'attelage détala tout seul et Louis faillit basculer hors du traîneau. Sa main tâtonnante chercha le frein. Il aperçut au milieu du chemin le fils von Croft qui, d'un bond audacieux, remonta sur les patins du traîneau en pleine course.

– J'ai eu peur, dit Bapaume, la main posée sur le cœur.

Le garçon ne répondit rien.

Le sentier déboucha hors du bois et Louis vit apparaître à l'ombre de la montagne le collège Saint-Aldor-de-la-Crucifixion.

C'est là que, de retour d'Europe, après deux années d'études massives, obsédantes, il était venu œuvrer, animé du sentiment le plus vif d'une mission à accomplir. Cet orphelinat isolé au fond des forêts, parce qu'il lui paraissait abriter les plus déshérités du monde, l'avait attiré telle une Terre promise. Durant ses vingt-deux mois de misère à Paris, tourmenté par les exigences de ses professeurs et les continuels soucis d'argent, il avait cependant trouvé le moyen de se remplir le crâne d'incongruités de toutes sortes où s'enchevêtraient le culturisme, l'homéopathie, le végétarisme, l'hygiène nudiste, les religions d'Extrême-Orient ; il fréquenta même de jeunes chevelus qui tournaient autour des surréalistes. Et la nuit, les méninges en feu, il travaillait à la conception d'une méthode « naturelle » d'apprentissage de la musique.

Qu'il avait ramenée avec lui au pays, tout brûlant de la soumettre à l'épreuve, certain au demeurant de la voir confirmée par la pratique. Il lui avait sincèrement semblé à cette époque qu'il pouvait apprendre à n'importe qui, aux béotiens, aux rustres, les arcanes du système tonal, les clés de l'harmonique, même de l'atonalité dont la découverte, lors de son séjour européen, l'avait foudroyé comme une révélation. Il l'aura souventes fois répété à Françoise : eût-il réussi cette entreprise, il fût devenu un autre homme.

Un saint, peut-être. Il aurait eu pour cela les dispositions voulues, ne possédant pas un sou d'amour-propre, et ayant toujours eu la conscience parfaite de renfermer dans son cœur un orgueil sans mesure. Mais les choses virèrent à la catastrophe en un tournemain – et il avait quitté Saint-Aldor au bout d'un an, dénigré, conspué, *haï*, humilié sous une pluie de balles de neige (certains de ses collègues avaient même participé à cette parodie de lapidation). Durant des années, il lui suffisait d'entendre prononcer ce nom pour qu'il change de pièce ; une chaleur lui courait entre peau et chair, il éprouvait ce mélange d'angoisse insoutenable et de honte, cet affolement devant soi-même qu'on ressent les lendemains de cuite, quand surgit la conscience de s'être comporté en histrion.

Lorsque fut arrêtée sa décision de revenir au village après vingt ans, c'est avec surprise – et un rien de soulagement qu'il ne se pardonna pas – qu'il avait appris que les bâtiments étaient maintenant occupés par les frères de l'Instruction chrétienne. L'orphelinat n'existait plus.

Ils contournèrent le versant abrupt du mont Saint-Aldor. Les chiens à bout de souffle prenaient l'amble à présent. La brise jouait doucement dans leur fourrure ébouriffée. Ils buvaient l'air avec avidité, parcourus de tressaillements. Leurs flancs en se soulevant doublaient de volume.

L'attelage traversa des terrains de ferme. Au loin, une fumée de cheminée s'élevait comme une prière des cabanes en bois rond. Bapaume avait l'impression de ne les avoir jamais vues. Le profil des montagnes, les méandres de la rivière gelée, les bois et les rochers solitaires qui bordaient le fjord et qui évoquaient, par le silence énigmatique de leurs formes, les débris d'un culte révolu – rien de tout cela ne parlait à son souvenir. Il y eut une dernière montée, en pente douce. Puis, dominées par le clocher, que Louis reconnut immédiatement comme on reconnaît un visage aimé, les premières maisons apparurent.

Les chiens, en terrain de connaissance, se dirigeaient tout seuls. Le village était dépeuplé. En tout cas on ne voyait personne dans la rue principale. Bapaume se dit que les hommes participaient sans doute à la battue pour retrouver la fille du bedeau. Mais où étaient les enfants ? L'école, à demi cachée derrière l'église, quand ils passèrent devant, lui sembla vide.

L'attelage s'immobilisa en face du magasin général sans que Maurice ait eu à lever le petit doigt. Cela pouvait s'expliquer par l'habitude. Mais Bapaume frémit jusqu'à la racine.

– Je reviens tout de suite.

Le garçon bondit du traîneau et rejoignit le magasin d'un pas nonchalant. Les chiens s'aplatirent sur le ventre. Le museau posé sur le bout des pattes, ils cherchaient leur souffle. Louis enviait leur conscience tranquille, et jusqu'à l'expression de leurs yeux, qui frappait par son intelligence, par sa douceur aussi, si peu conforme à la férocité que depuis l'enfance il avait prêtée aux chiens.

Bapaume était enveloppé dans sa couverture de laine. Il avait l'impression que les rideaux se tiraient, qu'on se collait à la fenêtre pour l'épier. Par moments, étouffés par l'air froid, lui parvenaient… oui, on aurait dit des gémissements de douleur. Il imaginait les plaintes de Françoise durant son accouchement. Il lui semblait que c'étaient les mêmes.

Pour se donner une contenance, il fit mine de s'intéresser à l'église. Elle était construite en pierres des champs, avec une toiture bleue et un clocher en tôle. Il la reconnaissait si bien qu'il avait le sentiment qu'elle lui souriait. Ses environs immédiats, c'était pareil. Pour le reste, les habitations, le magasin général, cela encore qui lui paraissait une auberge, et la rue, ils lui étaient aussi étrangers qu'au premier matin.

Il en était de même pour la maison des von Croft. Il avait beau creuser, son imagination restait stupide, rien n'en surgissait. Il l'avait sous les yeux à l'instant même peut-être, et ne le savait pas. Comment avait-il pu oublier à ce point les lieux où il avait passé treize mois de sa vie ?

La clochette suspendue à la porte du magasin se fit entendre. Ce n'était pas Maurice. Une longue silhouette mince et triste s'engagea sur le perron. Elle portait un manteau gris qui descendait jusqu'aux genoux. Le col ainsi que l'extrémité des manches étaient bordés de la même fourrure que le chapeau. La dame pouvait être au milieu de la quarantaine. À son accoutrement où se trahissait un souci d'élégance, mais selon une mode qui remontait à quinze ans, à son regard où survivait un reste de jeunesse désespéré, à quelque chose d'insaisissable dans son maintien, de ridicule et de touchant, on devinait la femme seule, dont le cœur a peu servi, intelligente pour comble de malheur, et dont la vue suggère, on ne sait pourquoi, que sa vie rangée camoufle un secret à faire dresser les cheveux. Elle n'eut pour le traîneau qu'un coup d'œil distrait.

Mais son pas ralentit, et de nouveau elle considéra le voyageur. Elle s'immobilisa. « Qui est-ce ? On dirait qu'elle me reconnaît… » Maurice von Croft sortit du magasin en portant un paquet sous son bras. L'attelage repartit, encore une fois sans que le garçon ait émis le moindre signal. Louis continua à regarder la femme. Elle suivait des yeux le traîneau qui s'éloignait, les bras ballants, tétanisée d'étonnement.

La maison des von Croft se situait à l'autre extrémité du village. Une excitation, qui ressemblait à de la joie, s'empara de Louis. Les ailes recourbées du toit, la pierre rouge, les fenêtres debout sur les larmiers et leurs moulures victoriennes, cela tout ensemble, par-delà vingt années, dès le premier regard, lui redevint familier.

– C'est ici, dit Maurice.

– Je sais.

Puis, comme si cette mémoire inattendue l'exaltait, il ajouta avec fierté :

– C'est nouveau, ça !

Il désignait un cabanon de planches, couvert de bardeaux, qui jouxtait la façade arrière.

– Je ne sais pas. Ç'a toujours été là.

– C'est que tu es trop jeune. Ce n'était pas là il y a vingt ans.

Maurice se contenta de hausser les épaules. Bapaume l'avait tutoyé spontanément et il se demandait s'il avait bien fait.

Ils se trouvaient à une trentaine de mètres de la maison. Était-ce de se tenir sur la terre paternelle, Maurice n'avait plus ce regard de belette apeurée que Bapaume lui avait connu à la gare. Il quitta le traîneau et attendit planté dans la neige.

– Je dois retourner aider pour les recherches.

Louis n'avait pas envisagé la possibilité que le garçon pût ne pas être auprès de lui au moment de l'épreuve. Il ne savait au juste ce qu'il attendait de lui, mais la soudaine perspective de ne pas sentir sa présence à ses côtés l'effrayait. Le garçon attendait docilement. Bapaume espérait un signe d'amitié, le commencement d'un sourire, ne fût-ce que dans les yeux, mais rien, sa figure restait fermée. Maurice sortit une main de sa moufle pour balayer la mèche de cheveux qui lui chatouillait la joue. Une main élancée, puissante, aux traits accusés, admirablement dégagés, la noble main d'un pianiste. Louis n'osait lui sourire. Chaque fois qu'il avait pu se surprendre dans un miroir, il avait trouvé que son sourire lui donnait un air benêt.

Il descendit à contrecœur du traîneau, et ses jambes où le sang n'avait pas circulé depuis trois quarts d'heure fléchirent sous son poids et lui arrachèrent une grimace. Le garçon aussitôt reprit le guidon. Sans un salut, enveloppé dans le brouillard que produisait l'haleine des chiens, il se dirigea vers la montagne. Une équipe de sauveteurs en revenait. Ils formaient des taches noirâtres dans la blancheur incendiée et, vus de cette distance, on aurait dit des mouches posées sur un tas de sucre.

« Comme une personne qui verrait resurgir quelqu'un qu'elle avait cru mort », se dit-il en empoignant sa mallette. (Il songeait à la stupeur de la femme sur le perron du magasin général.)

*

* *

Ce fut Robert von Croft qui ouvrit. L'homme l'avait vu venir à travers le vasistas et Louis n'avait même pas eu besoin de sonner. C'était un grand vieillard osseux et solide. Des images de chevalet ou d'escabeau se présentaient à l'esprit quand on l'apercevait. Son pied gauche, infirme, était engoncé dans une chaussure de cuir qui ressemblait au sabot d'un cheval. Malgré ses rides, il avait conservé cette physionomie impassible dont on ne peut déceler les pensées, piquée d'yeux perçants, rusés et prudents, qui jetaient des éclairs du fond de leurs orbites.

Il ne s'était pas départi non plus de son accent allemand et, d'une voix éraillée, usée jusqu'à la corde :

– Vous auriez dû attendre à l'an prochain, la ligne de chemin de fer se rendra jusqu'ici : les travaux devraient recommencer au printemps. Vous n'avez pas eu de problèmes avec Maurice ?

– Euh, non, dit Louis qui ne savait comment entendre cette question.

– C'est un chenapan, dit von Croft.

Et il fit une courbette d'un autre temps, d'un autre monde, pour inviter Bapaume à entrer.

Dès qu'il posa le pied dans la maison, Louis aperçut la jeune femme. Dans sa lettre de réponse, le vieux von Croft avait informé Bapaume d'un moyen simple de distinguer les jumelles : en grandissant, Julia avait développé un grain de beauté au-dessus de la lèvre, qu'elle n'avait pas enfant. La jeune femme qui se tenait devant Louis était donc Geneviève. Elle esquissa comme un début de révérence, avec une négligence ostensible. Bapaume demeura un moment immobile, dans l'étonnement de retrouver chez la femme faite les traits de la petite fille. Geneviève lui renvoyait sans broncher son regard, avec un sourire dur où il y avait du défi. Elle était proche de la trentaine. Des traits agréables, sans plus ; mais de la vivacité et quelque chose de farouche dans les yeux, de subtilement déréglé, propre aux rêveuses élevées dans les solitudes sauvages, capables de passions cataclysmiques. Bapaume avança vers elle une main timide, qu'elle ignora.

– Mais déshabillez-vous donc ! fit-elle sans aménité.

Et elle l'aida à enlever son manteau, qu'elle emporta, la tête haute, dans une autre pièce. « Voilà, pensa-t-il. Elle m'en veut encore. »

Il suivit Robert von Croft dans la salle à manger. Ils prirent place chacun à une extrémité de la table. Louis s'accouda, les genoux écartés, le front bas. Depuis des semaines il s'était représenté cette scène. Il avait amassé jour après jour un peu de courage pour l'affronter, se sachant peu intrépide et comptant sur un effort quotidien, comme un pauvre économise sou par sou. Et voilà qu'au moment où il devait en user, le cran lui manquait, tout cela n'avait servi à rien.

Mais sa faiblesse l'irrita contre lui-même et, mû par une sourde envie de se rudoyer, il plongea.

– Je suis venu pour parler à Julia.

Von Croft éleva les sourcils.

– Mais à quel sujet ? Julia est déjà mariée !...

Cette remarque, qui s'inscrivait dans des préoccupations à mille lieues des siennes, interloqua Bapaume.

– Mais, monsieur, ce n'est évidemment pas ça. J'ai... j'ai à lui parler. C'est une affaire personnelle. Une affaire importante pour moi. Pour elle aussi, peut-être.

Geneviève arriva les mains chargées de plats. Elle les déposa pesamment, avec des mouvements secs, dans l'intention de faire du bruit.

– En ce cas, vous êtes venu pour rien, mon cher monsieur. Ma sœur ne sera pas là de la journée.

– Pourtant, j'avais demandé dans ma lettre...

– Que voulez-vous, dit-elle avec une pointe d'irritation contenue, Julia ne vit plus ici depuis qu'elle est mariée. Maurice en pension, il ne reste plus que mon père et moi dans cette maison.

« La mère de Maurice est donc morte ? » se dit Bapaume. Geneviève répartit sur la nappe une assiette d'oreilles de Christ, deux bouteilles de cidre blond, puis des galettes encore chaudes qui dégageaient une odeur de cannelle et de pomme.

– Ne vous en faites pas, monsieur Bapaume, fit von Croft en débouchant une bouteille, qu'il lui offrit. Julia peut être de retour d'un moment à l'autre. Elle est sage-femme, je ne sais pas si vous le saviez ? On est venu la chercher au milieu de la nuit. Une femme en plein travail. Ça devrait se terminer, à l'heure qu'il est. (Il se mit à rire.) Cette pauvre maman n'a presque pas de poitrine ; ça va faire un enfant débrouillard.

Louis se rappela les plaintes qu'il avait entendues en traversant le village. Il ne s'était donc pas trompé ? Il s'agissait bien de cela ? Un obstacle surgit à son esprit, qui pouvait compliquer l'exécution de son projet.

– Son mari… ?

Von Croft éleva une main large comme une patte d'ours.

– Ah ! celui-là, toujours à trotter à travers le pays !… Il est parti en ville. On attend son retour pour le jour de l'An.

Von Croft allait ajouter quelque chose, mais il fut saisi d'une quinte de toux. Il toussait comme un moteur qu'on n'arrive pas à faire démarrer, virait au rouge. Bapaume voulut s'approcher, dans un élan de sollicitude, mais le vieil homme lui signifia de n'en rien faire. Cela finit par se calmer. Les yeux clos, von Croft suçota quelques instants le résultat de ses efforts. Puis, se cachant de l'épaule, il l'expulsa dans un tire-jus de la grandeur d'une taie d'oreiller.

– Ne vous gênez pas, dit-il ensuite en désignant les plats.

Et il commença à manger lui-même une galette aux pommes. Il avait les dents si branlantes qu'il devait les redresser avec ses doigts après chaque bouchée. Il téta une longue goulée à sa bouteille de cidre. Du fond de sa cuisine, Geneviève manifestait son humeur en faisant claquer les portes de l'armoire, en repoussant les chaises à coups de bassin. Von Croft eut une moue débonnaire, l'air de dire laissez, elle est comme ça, ce n'est rien…

Bapaume prit un biscuit, pour qu'on pût croire qu'il était là pour quelque chose. Le décor de la salle à manger et du salon avait changé. La mémoire de Louis avait conservé une impression d'austérité et de sobriété qui confinait au lugubre. Mais des jeunes filles, depuis, comme une tornade, étaient passées par là, et on avait repeint les murs avec des couleurs de fruits, il y avait des boîtes à musique, des rosaces de dentelle, des fauteuils dodus, des bibelots fragiles comme des doigts de petites vieilles. Au travers de rideaux à falbalas, une fine poussière dansait dans les rayons du soleil en jetant des étincelles comme des pets de fée. Louis chercha un instant le piano. Il se souvint qu'il se trouvait dans le vivoir, par-delà la tenture.

Sur le buffet, entre des serre-livres en gueule de loup, une bible et des manuels scolaires. Un traité de latin aussi, ouvert et renversé du côté des pages, comme si on venait à peine d'en interrompre la lecture.

– Votre fils étudie ?

La bouche encore pleine, von Croft eut un gloussement sarcastique.

– Il est pensionnaire, juste ici, chez les frères de l'Instruction chrétienne. Il est venu passer le temps des fêtes avec nous. Ne vous en occupez pas. C'est un chenapan.

Du bout de sa langue, le vieillard décollait les grumeaux de ses gencives. Il continuait de glousser, les yeux pétillants, la mine réjouie, l'air de savourer une bonne blague ou de se remémorer des frasques de jeunesse. Geneviève revint brusquement, au premier prétexte, comme dans un vaudeville quelqu'un qui n'en peut plus de ronger son frein dans la pièce d'à côté.

– C'est l'heure de votre sieste, papa ! Mon père est vieux, il ne faut pas le fatiguer.

– Je vais revenir plus tard, dit Louis en se levant.

Le vieillard protesta qu'il faisait trop froid et que, du reste, il n'y avait nulle part au village où aller.

– Même l'église est fermée !… Non, faites-moi plaisir, monsieur Bapaume. J'ai demandé à ma fille de préparer le vivoir pour vous. Vous n'y serez pas dérangé. Il y a le grand divan si vous voulez vous reposer. De toute façon, je ne dormirai pas plus d'une heure. Faites comme chez vous ! Vous pourrez jouer du piano aussi, cela ne nous dérangera pas, à condition que mon chenapan ne l'ait pas trop désaccordé.

Louis, qui s'était penché pour ramasser son bagage, sursauta :

– Il est musicien ?

Von Croft eut un nouveau gloussement et souleva les épaules.

– Ne me faites pas rire !…

Le vieil homme s'engagea dans l'escalier en s'agrippant à la rampe. Son sabot produisait le bruit du bâton au théâtre quand le spectacle va débuter.

*

* *

Geneviève indiqua à Louis la direction du vivoir. Ses airs, ses manières, ses intonations laissaient entendre qu'elle ne faisait qu'obéir à des ordres, que s'il n'en tenait qu'à elle…

Les partitions annotées qui s'entassaient sur le piano arrêtèrent Bapaume.

– Mon frère fait partie de la chorale du collège, expliqua-t-elle sèchement. Mais je ne sais pas s'il aimerait savoir que vous avez fouillé dans ses feuilles de musique.

Il retira sa main comme s'il venait de toucher un objet brûlant.

– Je vous laisse, monsieur. J'ai à faire.

Louis se laissa tomber sur le banc du piano. Il se retrouvait seul pour la première fois de la journée, et pour un homme tel que lui, si avide de solitude, c'était comme d'avoir passé trois nuits sans dormir. La pièce était fraîche, assombrie par de lourds rideaux. Après cette débauche de clarté, cela aussi lui faisait du bien. Il s'approcha des partitions annotées à la mine de plomb. Un chant pour chœur a cappella, en contrepoint, de style baroque. Il examina les trois pages étalées sur le pupitre. Au fur et à mesure qu'il lisait, qu'il découvrait l'intelligence et la sérénité de la perspective, son sang battait plus fort. Il jeta un œil derrière lui, craignant peut-être d'être surpris, puis souleva les feuilles, continua sa lecture sur les pages qui se trouvaient derrière. Qui avait pu composer cela ? Louis en avait le souffle coupé. Il fouilla parmi les partitions, ouvrit les cahiers avec emportement, comme un cambrioleur éventre les oreillers à la recherche des bijoux de famille. Mais rien à faire, la musique s'interrompait brutalement au bout de sept pages.

Louis regardait devant lui, abasourdi. Voilà donc à quoi se consacrait le jeune Maurice !... Il lut de nouveau, n'en croyant pas son cœur. La retranscription elle-même, les signes de musique avaient été tracés d'une main sûre, aguerrie, avec une netteté géométrique, le résultat avait le caractère étincelant d'un manuscrit de Mozart. Et les annotations fines, intelligentes, manifestaient une compréhension réelle de cette merveille de contrepoint ! Bapaume dut appuyer son front entre ses mains, saisi de vertige.

Il plaqua un accord dans les notes graves et, jusqu'à ce que le son meure, laissa son front contre la caisse de résonance. Un espoir terrible gonflait sa poitrine, terrible à force de beauté, et Louis craignait de s'y abandonner. *Se pouvait-il que Maurice soit l'auteur de cette pièce* ?

D'un pas chancelant, il gagna la fenêtre et souleva les rideaux. Nulle trace du fils von Croft à l'horizon.

Louis se sentait floué, désœuvré, plein de dérision pour lui-même. Il s'empara d'un ouvrage de tricot qui traînait sur le fauteuil et s'en coiffa pour parodier les perruques du XVIIIe siècle. Il se contempla dans la petite glace qui surmontait le piano. « Jean-Sébastien Bach », se dit-il avec un ricanement intérieur. Il se fit une grimace. Il se débarrassa du tricot d'un geste plein de frustrations rentrées.

Françoise, Françoise,
ma chérie, mon amour,
ma princesse aux pieds nus,

Comme tu me manques, et notre enfant aussi ! Il paraît qu'à la guerre de pauvres soldats amputés continuent d'éprouver des douleurs dans leur jambe perdue. Ils appellent ça un membre fantôme. Et toi qui me parles de Dieu dans ta dernière lettre !... Ta dernière lettre que tu as cachée dans mes bagages, comme si tu ne parvenais plus à me parler. Mais je suis coupé de Dieu depuis des mois, tu le sais bien ! J'éprouve une sorte d'incapacité PHYSIQUE *à croire en Lui. Oh ! je sais ce que tu me diras : « Jésus, Bouddha, Être suprême, appelle-le comme tu veux !... » Si c'était une simple affaire de mots ! Je n'existe plus que par ma conviction de savoir mieux que Dieu ce qu'il en est de notre devoir, du mien en tout cas. Tant que l'on croit en Lui, on agit selon la Loi avec le secret désir de Lui plaire. C'est comme si pour Le séduire on roulait des hanches devant Dieu. On ne peut mesurer la réelle exigence du devoir qu'en perdant tout espoir de recevoir quoi que ce soit de Lui. J'en suis là.*

J'aimerais aussi que tu cesses de me rappeler constamment à mon oratorio, je t'en conjure. Je suis puni, Françoise, veux-tu le comprendre à la fin ? mon orgueil a été puni. Je sais, hélas ! que désormais je serai à jamais incapable d'inventer de la musique. Le fil ténu qui me liait à la Hauteur a été coupé par je ne sais quelle faux. Maintenant je me sens nu-tête. J'ai froid au ciel, comme on a froid aux mains quand on a perdu ses gants.

Il interrompit sa rédaction, empêché par la présence de Geneviève. Le vivoir communiquait par une porte étroite avec l'arrière-cuisine, et c'est là précisément, sur une table étriquée, comme si elle voulait le tenir sous surveillance, que Geneviève était venue éplucher ses pommes de terre. Ses gestes raides trahissaient la même colère contenue. Elle lui adressait de petits sourires acides et désobligeants.

– Vous m'en voulez, n'est-ce pas ?

Elle lui demanda de répéter, tant il avait parlé d'une voix faible.

– Moi ? Mais pourquoi vous en voudrais-je, monsieur Bapaume ? Vous ne m'avez rien fait, à moi…

Et elle lui planta dans les yeux un regard cinglant.

Oui, dévasté, Françoise. Et ta tristesse même, ton désespoir m'accable. Chaque matin j'ouvre les yeux avec l'espérance, plus faible de jour en jour, que tu auras un tant soit peu repris goût à la vie. Je m'approche de ton lit, ta tête repose sur l'oreiller, brûlante, et ton corps me glace. Tes cheveux sont ramenés sur ton visage, et je te serre contre moi. Mais j'aperçois tes yeux rougis, ta figure ravagée par la fatigue, je comprends que tu as passé la nuit à pleurer, et je sens toute mon âme se vider de sa substance. Nous ne pouvons rien, certes, contre la situation terrible qui nous a été faite, et je ne te reproche pas de ne pas lutter. Mais tu m'as mis dans la pénible obligation de devoir lutter pour deux. Tu as présumé de moi. J'essaie de toutes mes forces de remonter la pente abrupte, m'écorchant les mains et les genoux aux aspérités du rocher, tandis que ton corps nu, inerte, aussi glacé qu'un remords, ton corps qui ne veut plus lutter, est lié à moi par une corde qui me scie la taille, me tire vers le gouffre de ton chagrin.

Tu ne tiens à la vie que par ma musique, me disais-tu, et j'y ai cru – Dieu que j'y ai cru ! Je me suis lancé dans cet oratorio avec un orgueil qui tenait du délire. Ah, la belle Promesse ! Cela allait nous sauver, rien de moins, nous justifier devant la Providence et devant les hommes, nous laver des misères matérielles, transfigurer notre pauvreté !... Mais au terme de tout cela, j'ai compris, avec une certitude qui n'admet pas de réplique, que ce Magnificat, *comme tu le nommais, ne reflétait d'autre grandeur que celle de ma présomption. Je me sens à mon tour coupé de toute source, de toute vie, il est effrayant de mesurer l'étendue de ma déréliction. Comment ai-je pu me tromper à ce point, comment cette pompeuse musique m'a-t-elle dupé si longtemps sur sa valeur ? Je me croyais enfiévré par l'inspiration, touché par l'index de Yahvé, bouillonnant de volonté créatrice, alors que je n'étais qu'un homme malade, un pauvre halluciné qui ne voit pas les résultats dérisoires de son agitation. Je ressemblais à ces vieilles femmes qui se couvrent les joues de peinture, se coiffent de perruques blondes, font des mines, s'attifent comme si elles avaient vingt ans, et qui pensent, dans leur pitoyable folie, que les regards interloqués qui se tournent vers elles sont des regards d'admiration.*

Pardonne-moi d'avoir éclaté comme un œuf sous le poids de cette tâche. Pardonne-moi d'avoir tous les défauts d'un homme de talent, sans le talent !

Et tu as été complice de cette déraison, ma pauvre Françoise. Oh ! la complice bien involontaire. J'aurais dû voir que la douleur t'avait égarée, toi aussi. Mais comment te le faire comprendre sans te blesser encore plus profondément, en remettant en question jusqu'à la clarté de ton jugement musical, par ailleurs si sûr ? S'il m'arrivait, par je ne sais quelle grâce inconcevable, quel retour inespéré de pitié et de justice, s'il m'arrivait, oui, de réentendre en moi le moindre appel, le moindre accord, la moindre note qui m'indiquerait, comme un signe venu d'en haut, que je peux, que je dois continuer à écrire de la musique, je te jure que j'y répondrais – ah ! crois-moi, JE TOMBERAIS À DEUX GENOUX, LES BRAS EN CROIX, LE VISAGE LEVÉ AU CIEL !

Mais je doute qu'une telle chose soit encore possible. Je ne le dis pas avec détachement, au contraire. J'éprouve à la seule idée de ne plus composer, à la perspective d'une vie tout entière amputée de l'espérance créatrice, le même effroi que j'aurais à me réveiller, inhumé par erreur, enfermé dans un cercueil. S'il reste pour moi la moindre possibilité de salut, elle réside dans ce que je suis venu faire à Saint-Aldor. J'ignore d'ailleurs tout à fait où me mèneront les actes que je m'apprête à commettre. Je trouverai peut-être ici ce que je n'étais pas venu y chercher. Peut-être y trouverai-je quelque chose que je cherchais sans le savoir. Qu'importe. Cela constitue ma dernière chance. Si cela me détruit, comme tu le dis, eh bien tant pis – ou plutôt tant mieux ! Il y a une limite au-delà de laquelle on ne peut plus exiger d'un homme qu'il continue à encombrer la terre.

On entendit au loin un cliquetis compliqué de clochettes et de chaînes, un halètement. La même interrogation passa dans leurs yeux. Geneviève se leva et disparut dans la direction de la salle à manger. Le fils von Croft s'en revenait avec ses chiens.

*
*   *

Louis demeurait dans le vivoir comme si on l'y retenait prisonnier. En écartant un pan de la tenture, il apercevait Maurice assis à la table, feuilletant lentement son traité de latin. On aurait dit le sujet d'un tableau. Toutes les ténèbres du monde, celles de l'ignorance, celles de la solitude, celles de la misère, étaient rachetées par cette bougie : un enfant penché sur un livre. *L'Orphelin et son miroir*. Louis eût peint à ses pieds une viole de gambe.

Le garçon avait détaché les yeux de son livre et la soudaine tristesse de son visage, qui n'était peut-être que de l'ennui, mit une ombre dans le cœur de Louis. Il tâchait de se rappeler les pensées qu'il ruminait lui-même à quinze ans. Mais depuis quelques mois, l'oubli, telle une pieuvre, avait craché son encre autour de lui, et de vastes pans de son passé avaient basculé dans la noirceur. (La mémoire ne lui revenait que par bribes, par jets glacés et fulgurants.) Il se demandait à quel âge Maurice avait perdu sa mère. Songeait-il à elle quand il était au collège, l'appelait-il en silence au fond du dortoir, les nuits où le souvenir des méchancetés essuyées durant la journée, des sarcasmes de ses camarades à son endroit, l'empêchait de s'abandonner au sommeil ? Louis aurait aimé avoir le courage de marcher vers cet enfant comme vers un autre lui-même, et de lui dire des choses simples et vraies, des choses dont on se dit plus tard qu'on aurait aimé que quelqu'un nous les dise, des paroles réconfortantes pour celui qui se tient à l'orée de la vie et tremble de terreur. (Mais cette terreur l'avait-elle jamais quitté lui-même ?)

La plume que Louis tenait encore à la main lui glissa entre les doigts, elle produisit un bruit mat sur le parquet. Maurice sortit de sa rêverie. Scrutant d'un air inquiet l'interstice de la tenture, il aperçut Bapaume. Il déplaça sa chaise de manière à lui présenter le dos. Geneviève arrivait avec la soupe et les tartines.

Maurice ignora la cuillère et but à même le bol. Encore tout pétri des spontanéités de l'enfance, il était dans son corps comme dans un habit trop grand. Il se goinfrait sans arrière-pensée, avec une rapacité tranquille, à la manière des chiens et des petits garçons. Geneviève s'était assise à ses côtés et le regardait en souriant. Elle replaçait affectueusement sa houppe qui retombait à tout instant sur son front.

Il y eut un bruit de course sur le perron. On sonna. Le regard de Louis ne pouvait porter jusqu'à l'antichambre. Il tendit l'oreille. Il n'arrivait à entendre qu'une confusion de voix. Geneviève revint bientôt :

– On a découvert la fille du bedeau.

Un homme apparut derrière. Déjà Geneviève attrapait sa mante et son écharpe de lapin. Maurice avala sa soupe à toute vitesse et se torcha la bouche du plat de la main.

– Ils l'ont découverte dans une crevasse derrière les rochers. Ça prendra un certain temps pour la repêcher.

Bapaume sortit du vivoir :

– Elle est vivante ?

Geneviève le considéra sans indulgence, comme si ce

n'étaient pas ses oignons. Mais la question après tout était légitime, et elle laissa simplement tomber :

– On ne sait pas.

Le vieux von Croft surgit au sommet de l'escalier. Il s'adressa à l'homme :

– Où se trouve le bedeau ?

– Il est au presbytère. On a fini par le convaincre qu'il faisait mieux de ne pas venir.

Le vieillard empoigna une grosse fourrure argentée suspendue à la patère.

– Je vais aller attendre avec lui. Et toi, dit-il à son fils qui en était à boutonner son manteau, tu vas rester ici. Les chiens sont fatigués, faudra que tu penses à les faire manger. Et puis on ne peut pas laisser Monsieur tout seul dans la maison. Rassurez-vous, ce n'est pas une affaire de confiance, mais de bienséance, vous comprenez, ajouta-t-il à l'intention de Bapaume, qui avait blêmi.

Maurice retourna à son assiette en maugréant.

– Je vais marcher, ça va me faire du bien, dit Robert von Croft à sa fille.

Louis regrettait d'être l'obstacle qui empêchait Maurice de se joindre au reste du village, cela irritait sans doute le garçon contre lui. Il éprouvait en outre le malaise d'être mêlé malgré lui à un drame qui ne le concernait pas. On s'activait tout autour, sans tenir compte de sa personne. Convenait-il qu'il coure lui aussi à la crevasse, au cas où on aurait besoin du plus grand nombre de bras possible ? Devait-il à tout le moins proposer son aide ? Mais, puisque Julia pouvait revenir entre-temps, il aurait l'air de contredire ainsi la raison de sa visite, qui s'en trouverait encore moins justifiée… Il restait là debout au milieu de la pièce, présence stupide et impudique, encombrante comme un gros meuble.

– Je te répète, Julia, que je préfère marcher, fit le vieil homme.

– Il nous confond encore après vingt-huit ans ! soupira Geneviève.

Louis les accompagna jusqu'au seuil. C'était comme si le village s'était repeuplé d'un seul coup. On voyait au loin jaillir des gens de toutes les maisons, des femmes surtout. On s'interpellait, on interprétait les dernières rumeurs. Tous couraient dans la direction du fjord.

Il aperçut une femme qui, elle, ne courait pas. Elle se rapprochait lentement. C'était la dame qu'il avait vue sortir du magasin général.

– Fermez la porte ! lança Geneviève. On ne chauffe pas pour le dehors !

Louis sursauta comme un homme que l'on tire de son somme. Il rentra aussitôt, parcouru de frissons.

*

* *

Maurice avait fini son repas et, installé dans un fauteuil, ruminait son traité de latin. Penché, les narines relevées, il grignotait une galette à la cannelle. Parfois ses lèvres remuaient silencieusement. Il soufflait sur des miettes qui tombaient entre les pages. Jamais il ne levait le nez de son livre. Il faisait comme si Bapaume n'était pas là.

Louis ne savait comment l'aborder et, comme ces lettres auxquelles on a trop tardé à répondre, à mesure que le temps passait il lui semblait que toute tentative en ce sens paraîtrait encore plus incongrue. Il avait posé les coudes sur la table et distraitement écalait les plaques de cire du bougeoir.

– Comme ça, tu t'intéresses à la musique ?

Il avait pris le parti de continuer à tutoyer l'adolescent, pour faire camarade. Cela cependant sonnait si faux que sa propre voix le déprima. Comme il se reconnaissait là ! Il n'avait jamais su tutoyer, dans un pays où tout le monde tutoie !

– De qui est donc cette musique que j'ai vue tantôt sur le pupitre de ton piano ?

Maurice répondit par une moue, comme si cette question ne s'était jamais présentée à son esprit.

– Je ne sais pas. Du frère Decelles, je pense. C'est lui qui dirige la chorale du collège. Il nous fait apprendre ça.

– C'est une musique magnifique.

– …

Bapaume devinait que sous cette apparente indifférence se cachait une pudeur à parler de ce qui lui était le plus cher.

– Est-ce que… est-ce que tu me permettrais de l'examiner plus à fond ?

– Si le cœur vous en dit.

Le garçon replongea le museau dans son livre. Louis se dirigea vers le vivoir pour prendre la partition. Il dit par-dessus son épaule :

– Oh ! mais c'est que je remarque qu'il manque des pages !… Il n'y en a que sept.

– On n'a pas étudié le morceau au-delà, rétorqua Maurice qui, cédant à la tentation, renifla à la dérobée la tranche de son livre.

Bapaume, qui l'avait vu faire, revint s'asseoir à la table. Il remarqua que la jambe de Maurice était agitée d'un tremblement incessant et nerveux.

– C'est toi qui l'as annotée ?

– Pardon ?

– Ces annotations sur la partition, elles sont de toi ?

Il les désignait de l'index, car le sens de ce mot semblait échapper au garçon.

– Ça ? Non. C'est le frère Decelles. J'avais perdu ma copie. Il m'a prêté la sienne pour le temps des fêtes.

– Ah.

Bapaume se garda de laisser paraître sa déception. Il étala les feuilles devant lui et fit mine de les déchiffrer. Ses regards cependant se portaient malgré lui vers l'escalier. Il se demandait si on avait opéré des changements dans les pièces de l'étage. Au seuil de la chambre de Julia, son imagination reculait, faisait volte-face, avec un frémissement, comme le poisson devant la vitre de l'aquarium. Il s'efforçait de se concentrer sur la partition, mais le cœur n'y était plus. Il y avait des moments où même la musique l'accablait. Elle lui semblait un mensonge de plus, une boursouflure des comptines que les enfants apeurés se chantonnent dans le noir.

Maurice eut un bâillement de serpent, long et paresseux, puis, ses yeux rencontrant ceux de Bapaume rivés à lui, il se troubla et jeta brusquement le livre sur la table.

– Où allez-vous ?

– Faire manger les chiens.

Bapaume ne trouva rien pour le retenir. Le garçon contourna la maison, passa devant la fenêtre. On entendit son pas dans la neige sèche. Les chiens l'accueillirent en jappant à pleine gorge.

Louis retourna dans le vivoir ramasser les papiers sur lesquels il avait écrit. Il prit une feuille vierge et nota, comme s'il parlait de quelqu'un d'autre : *Ce garçon, ce fils avec qui il se sentait tant d'affinités, il savait que l'impossibilité de percer sa carapace tenait justement au fait qu'il était doté d'une sensibilité pareille à la sienne. L'amour qu'il lui vouait, pour profond qu'il était, le plongeait dans une sorte de somnolence extatique, voisine de celle que procurent les drogues, et qui lui enlevait tous ses moyens. Ce malaise, pour ne pas dire cette gêne devant Maurice, était le malaise, la gêne qu'il avait toujours éprouvée dans ses rapports avec lui-même. Mais ce qu'il détestait dans sa personne propre, il le prenait en pitié chez son semblable, s'en attristait pour lui, et ne l'en aimait que davantage.*

Louis s'approcha du fauteuil qu'avait occupé le garçon et s'agenouilla. Il saisit le coussin où avait reposé sa tête. Il le contempla longuement. Il y enfouit sa figure, le respira de toute la profondeur de ses poumons, les yeux clos. Oui, la pitié, songeait-il, cette sympathie en costume de feu, la plus violente des émotions humaines.

Un coup de vent rouvrit la porte mal fermée, soufflant à l'intérieur de la maison une bouffée d'air glacial. Louis se releva. Il eut un haut-le-corps en apercevant au bord du chemin la dame du magasin général. Elle était accroupie et, avec le bout d'une branche, dessinait pensivement dans la neige. « La toquée du village », pensa-t-il en refermant la porte.

Étrange quand même comme il trouvait tout à coup qu'elle ressemblait à sa mère.

*

* *

Louis avait installé la chaise berçante près de la fenêtre pour guetter le retour des villageois. Il avait mangé quelques galettes, de la compote d'oignons et des tranches de lard frit, avec discipline, s'avisant qu'il n'avait à peu près rien avalé depuis la veille. Les jambes entourées d'une couverture, il se laissait gagner par un doux engourdissement. Ses pensées s'enfilaient en guirlandes de fumée. Il se demandait si la femme avait pu survivre durant plus de trente-six heures enfouie dans la neige. Sa disparition ne signifiait pas nécessairement sa mort, peut-être était-elle blessée seulement... Des images de Françoise se mêlaient à tout cela, flottaient dans sa tête, toutes seules, sans qu'il les appelle (la vie abondante de son sein et le puits de sa bouche, ses cheveux qui avaient le parfum et la couleur du fusain). Cela répandait dans ses membres un murmure de souvenirs, comme des oiseaux qui frémissent sous les feuilles d'un arbre endormi.

L'horloge cessa de battre et ce silence subit avait quelque chose de tangible qui le tira de sa somnolence. Sans doute avait-on omis d'en remonter le mécanisme. Il lui semblait insolite tout à coup de se trouver dans cette maison étrangère. Le feu de bois se reflétait sur le parquet avec des chatoiements pourpres. Plus d'une demi-heure était passée, et Maurice n'était toujours pas revenu.

À moins qu'à son insu il ne soit rentré et directement monté à l'étage ? Louis s'empara d'une lampe à pétrole et s'engagea dans l'escalier. Il se dirigea vers la chambre où une ampoule était allumée. Tout y était en friche. Le lit n'était pas fait, et des pantalons, un gilet de hockey, des caleçons jonchaient le sol, parsemé de chaussettes enroulées comme des pommes de route. La chambre d'un pensionnaire de collège en vacances chez ses parents.

Mais Maurice n'y était pas. Louis présuma que la tentation avait été trop forte et que, désobéissant à son père, le garçon était parti rejoindre les équipes de sauvetage près du fjord.

On devinait l'amour que lui portait son père à ce seul détail que, même mariée, on avait laissé sa chambre à

Julia. C'était la pièce la plus exiguë de l'étage, Julia ayant toujours cédé sur tout. Rien à peu près n'avait changé. Il s'y trouvait une trentaine de poupées. Si les garçons en grandissant ne conservent rien de ce qu'ils furent, dont ils ont honte, les filles, elles, ne jettent rien, Louis l'avait souvent remarqué, elles laissent faner en secret leur enfance, y apportant de temps à autre de tendres retouches.

Le tout soigneusement rangé, dans un ordre délicat. Les murs étaient couverts de photos de Maurice, des plus anciennes aux plus récentes. L'une le montrait dans un surplis blanc au milieu d'une chorale. L'autre, à six ans, en costume de polichinelle. Une troisième, agenouillé, un chapelet entortillé dans ses mains, la figure tournée vers le paradis, comme vers quelque chose qui existe et qu'on peut voir avec ses yeux…

Louis aperçut une ombre dans l'arrière-cour, près de la cabane. Maurice peut-être ? Il éteignit sa lampe pour ne pas être vu. Dans le couloir, son pied buta contre un guéridon, il y eut un bruit de feuilles qui se répandent par terre. Il les ramassa comme il put et redescendit à la salle à manger.

C'était la suite de la pièce qu'avait composée le frère Decelles. Louis ressentit une légère irritation contre Maurice. Pourquoi ne lui avait-il pas dit que ces pages étaient en sa possession ? En même temps, maintenant qu'il les avait entre les mains, Louis en éprouvait de l'agacement. Il était dans un état d'esprit où l'accomplissement des autres le renvoyait à sa propre médiocrité, et il avait horreur de l'envie. Il surmonta sa réticence pourtant, s'assit à la table, posa les feuilles près du bougeoir, parmi les miettes de cire.

La pièce faisait une douzaine de pages, divisées en quatre chants, quatre courtes prières. L'auteur l'avait peut-être composée en une fin de semaine, qu'importe. Elle était de ces petites choses où se révèle un artiste. Louis commença sa lecture par acquit de conscience, mais l'envoûtement bientôt se mit à opérer de nouveau.

Et il poursuivit, ensorcelé, comme emporté sur un balai. L'application avec laquelle elle avait été retranscrite disait assez la fierté discrète, l'amour, la dévotion que l'auteur portait à sa musique. Qui pouvait bien être ce frère Decelles ? Bapaume l'imaginait en bottines à clous, la soutane rapiécée, la monture de ses lunettes recollée avec du ruban, en proie aux moqueries, la tête emplie d'une science vaste comme une cathédrale. Sachant sa musique livrée en pâture à des collégiens abrutis par le sport et les songeries lubriques, à des parents et à des confrères dont les quatre cinquièmes ne distinguaient pas un *mi* d'un *do*. Et un petit sourire intérieur, plein de tristesse et d'ironie, résigné à l'ingratitude éternelle.

Le finale était constitué d'une prière du Pardon. Celle-ci allait bien au-delà d'une simple maîtrise du contrepoint, elle touchait à la grâce, à la pureté du déchirement, et Bapaume sentit des larmes lui piquer les paupières. Oui, le frère Decelles aussi devait éprouver le sentiment d'être enterré vivant dans le cercueil de l'oubli, dans la terre grasse de l'indifférence des hommes et de l'avenir. Et persévérer quand même, lorsqu'on sait qu'il est impossible de réveiller les morts, continuer envers et contre tous les harassements de l'invention, représentait un entêtement et un courage dont les gens qui ne créent rien, ces cadavres ambulants, n'avaient pas idée. « J'écrirai à ce frère Decelles », se dit Bapaume.

L'ouvrage se terminait au milieu d'une page, d'abord toutes les voix à l'unisson, puis tombant une à une comme des oiseaux asphyxiés, pour n'en plus laisser qu'une seule, expirant sur un splendide point d'orgue. Louis demeura un long moment fasciné, incapable de se détacher de ce *si* bémol, qui suspendait l'action en pleine énigme.

Brusquement il jeta la feuille sur la table, du même mouvement hagard dont il se serait dessaisi d'un couteau ensanglanté. Au bas de la page, une notice écrite en caractères si petits qu'il fallait s'y coller le nez pour la lire :

Retranscrit des archives de Saint-Aldor par le frère Adrien Decelles. Composé autour de 1927 par M. Louis Bapaume, maître de musique à l'orphelinat de la Crucifixion.

*
* *

Il poussa la porte avec violence. Il se dirigea vers l'arrière-cour.

– Maurice ?… Maurice ?

Les chiens produisirent un concert de hurlements qui le fit reculer, et Louis culbuta parmi les bûches.

Sa pirouette l'avait humilié, même en l'absence de témoin. Il prit une poignée de neige et en fit une balle qu'il lança dans la direction des chiens. Les aboiements redoublèrent. Il leur en expédia une deuxième. Puis, à pleines poignées, il se jeta de la neige sur le crâne, s'en frictionna le visage et la nuque, sans raison, avec rage, comme pour défier l'ordre des choses par des actes sans queue ni tête.

Il hésita sur le pas de la maison. Il avait le sentiment de n'être pas pris au sérieux. On l'avait laissé là pour s'occuper de choses plus importantes ! On tolérait sa présence, sans trop s'en soucier, comme celle d'un homme débile et inoffensif qu'on abandonne à ses lubies. À quoi avaient donc servi ces scrupules des derniers mois, cette descente dans les profondeurs de l'enfer et du cœur, si c'était pour être traité de cette manière par un village d'ignorants ? Il s'était mis en morceaux de son plein gré, comme on casse une tirelire, il avait offert son talent en holocauste – qui d'entre eux pouvait mesurer l'envergure de ce sacrifice ? Dans l'éruption de sa révolte, Louis connut la tentation de tout laisser tomber, dédaigneusement, de partir sur-le-champ sans une explication.

Mais c'était aussi la tentation de fuir devant le devoir qu'il s'était imposé, il le savait, et il se cabra, se raffermit dans sa décision. Il tiendrait sa parole vis-à-vis de lui-même. De l'égoïsme encore, de la vanité ? Tant pis. En tout cas, il se trouvait incapable d'attendre là une minute de plus. Il résolut de se rendre au village, et d'attendre à l'auberge, à l'église, au milieu du chemin, n'importe où. Sa montre indiquait quatre heures quinze : il reviendrait chez les von Croft aux alentours de six heures. Il songea à leur laisser une note pour les en avertir. Mais il attrapa sa mallette, son manteau, son chapeau, et partit. L'idée même de tracer des mots sur du papier lui donnait envie de vomir.

Le clocher de l'église apparaissait au sommet de la côte, à cinq minutes de marche. Bapaume traversa le terrain et rejoignit la route. Il allait d'un pas entêté, en jurant entre ses dents. Un même souffle balayait la neige au ras du sol et ployait la cime des arbres, confondait le cliquetis des branches et celui des étoiles, Bapaume avait envie de crier au vent de se taire. Une lueur orangée s'élevait au-dessus de la colline et en accusait le contour, comme un mur derrière lequel on aurait allumé un feu. De l'autre côté de la route, et le devançant, une silhouette se dirigeait elle aussi vers le village. Il la discernait à peine, mais il devina à son allure qu'il s'agissait de Maurice. Il le héla. La silhouette ne se retourna pas.

Louis accéléra le pas pour rejoindre le garçon, mais à mesure qu'il avançait, le chemin s'incurvait en amont et bientôt la pente fut si à pic qu'il dut s'interrompre pour recouvrer sa respiration.

– Attends ! J'ai quelque chose à te dire !...

Mais le garçon marchait de plus en plus vite, on eût dit qu'il se sauvait. Dans un dernier effort, Bapaume courut à son tour. Il finit par poser la main sur son épaule. Seulement alors il se rendit compte de son erreur. L'enfant était tout petit, il ne devait pas avoir plus de douze ans. Il tenta de s'échapper, mais Louis le retint en agrippant son col de fourrure.

– Aide-moi, je vais m'évanouir.

Il parcourut les derniers mètres de la côte en s'appuyant à l'enfant. Il tira le garçon hors de la route, entraîné par son propre poids, chancela comme un cerceau au terme de sa course, s'affala au pied d'un arbre.

– Tu n'es pas Maurice, fit-il à bout de souffle, et à moitié divagant.

– Non, monsieur. Je m'appelle Gérard.

Adossé au tronc, Bapaume tâchait de lui sourire, malgré les grimaces que lui arrachaient ses poumons en feu.

– Tu es quoi, toi, dis-moi ? Un porc-épic ?

– Je comprends pas, monsieur.

– Laisse... ce n'est rien... dit Louis en agitant faiblement la main.

Le petit garçon considérait le voyageur avec cet air sérieux qu'ont les enfants quand ils sentent que quelque chose leur échappe. Il approcha ses moufles et les posa sur les oreilles de Louis pour les lui réchauffer.

– Ah, je vois. Un bon Samaritain, c'est ça... ?

– Un bon Montagnais, monsieur.

– C'est vrai, c'est vrai. Il n'y a que chez les Montagnais que les porcs-épics s'appellent Gérard.

Le garçon était un peu penché vers lui, et Louis le voyait sur fond de firmament. Le sang frappait à ses tempes, brouillait sa vue, multipliait le nombre des étoiles, en allumait partout dans les cheveux de l'enfant. Il ferma les paupières pour calmer l'affolement qu'il éprouvait à l'intérieur de la poitrine. Il fit signe à Gérard de partir. Il se croyait sur le point de mourir d'épuisement. Cette perspective ne lui faisait pas peur. Après tout, qu'on pût découvrir son cadavre le lendemain, pétrifié dans son énigme... personne ne comprendrait pourquoi cet homme était venu mourir ici, les von Croft encore moins... Mais c'était là une vengeance sournoise et Bapaume repoussa cette tentation. Il rouvrit les yeux. Le bon petit Montagnais n'était plus là.

Et Louis lâcha un cri de frayeur. Soudainement, tout près de son visage, la chose la plus horrifiante qu'il ait vue de sa vie. Une sorte de plaie affreuse, avec des dents partout, et un regard exorbité. Effarouchée par son cri, la chose disparut par le fossé. Il vit s'éloigner une forme noire et basse, rampante. Il ignorait ce que cela pouvait être. Il se releva, encore tout tremblant. Il épousseta ses vêtements couverts de neige et de boue. Il fit quelques pas avec circonspection, craignant de rencontrer de nouveau cette abomination, il traversa un rideau de conifères. Et le village enfin apparut à ses pieds, étincelant comme un royaume.

Les habitants s'étaient rassemblés autour de l'église. Le froid accru rendait plus pure la lumière de leurs torches, et cela faisait un caillot de braise au creux des montagnes. Ils attendaient sur le parvis, tournés vers le portail. Bapaume ne pouvait voir ce qu'ils regardaient.

Mais devant la gravité de leur silence, on aurait dit qu'un ange aux ailes brisées venait de tomber en cet endroit précis du monde. Louis serait resté jusqu'au matin à contempler la beauté de cette vision. La curiosité fut plus forte. Il dévala la pente douce jusqu'au cimetière qui prolongeait le terrain de l'église.

La foule s'était disséminée en petits groupes d'où n'émanaient que de brefs chuchotements. Elle attendait Louis ne savait quoi. De rares individus s'approchaient de l'église, s'aventuraient à peine au-delà du seuil. Puis rejoignaient les groupes, faisaient une rapide remarque, à voix basse, et tous de nouveau se taisaient. On considérait Bapaume avec cet air de curiosité et de méfiance vague dont on regarde les étrangers dans les pays où on en voit peu. La température ne cessait de baisser. Louis commençait à ne plus sentir l'extrémité de ses membres. Les lumières de l'église l'appelaient comme une promesse de chaleur. Un murmure se répandit autour de lui au moment où il s'engagea sur les marches. Qu'importe, il avait trop froid.

On avait disposé le cercueil de planches à la croisée du transept. Il était encadré par quatre bougies. Louis avançait lentement. Il remarqua à peine le vieux von Croft, posant une main consolatrice sur la nuque du bedeau. Ce dernier, assis sur une chaise droite, ébahi de douleur, contemplait sans comprendre ce qui restait de la chair de sa chair. Bapaume gagna un des bancs collatéraux. Il se laissa choir à genoux, sans nulle intention de prière, simplement parce que la fatigue et la consternation le privaient de ses jambes. Ses lèvres tremblaient, dans une sorte de bredouillement muet. Rien ne prend plus de place dans une église qu'un cercueil de poupée, blanc comme la neige immense.

L'OURSON

La petite fille devait avoir huit ou neuf ans. Les pans encore glacés de sa jupe débordaient de la boîte étroite. Une délicate buée enveloppait son corps et, à la chaleur des bougies placées aux deux extrémités du cercueil, de fines volutes de fumée s'élevaient de ses cheveux blonds et de ses mocassins. Son teint translucide avait d'étranges reflets, pâles et bleus, jolis même, comme la nacre d'un coquillage. On avait envie de la prendre dans ses bras pour la tenir au chaud. Sous sa tête légèrement soulevée – peut-être avait-elle le cou brisé – quelqu'un avait glissé un coussin blanc. Ses petits poings étaient tout près de son menton, crispés sur le col de sa canadienne, comme si du fond de la mort, et pour l'éternité, elle continuait à frissonner de terreur et de froid.

Le vieux von Croft adressa à Louis un vague salut de la main, pareil à celui de son père dans son rêve de la veille. Puis il comprit que l'autre voulait en fait lui signifier d'enlever son chapeau. Louis s'exécuta en rougissant. À ce moment-là, l'orgue se mit à murmurer dans le jubé, tout doucement, comme en montagne quand on se rapproche d'un ruisseau. Et dès la troisième mesure, Bapaume se demanda s'il n'était pas en train de perdre la raison.

Il marcha vers la petite morte et posa un genou en terre. De près elle était encore plus terrifiante. On avait enroulé un chapelet autour de son poignet. Un reste de frimas achevait de fondre dans le repli de ses vêtements, des cloques sèches couvraient sa peau autour des narines et des lèvres, telles des brûlures, et Bapaume était forcé de détourner le regard, car elle avait les paupières légèrement entrouvertes, comme si elle allait se réveiller, et cela la faisait encore plus belle.

Louis joignit les mains. Mais cette musique jouée à l'orgue lui procurait une telle angoisse qu'il lui fut impossible de feindre une prière. Il se dirigea vers l'arrière de l'église. Il veillait à n'appuyer sur les dalles que la pointe de ses chaussures. Le bedeau, qui n'avait pas paru remarquer sa présence jusqu'alors, regardait s'éloigner cet inconnu avec un étonnement morne. Louis craignait à tout instant d'être interpellé (« Qu'est-ce que vous faites ici ? Vous n'avez rien à y faire ! Qui donc croyez-vous que vous êtes ?… »). Son poids fit craquer les marches de bois.

L'orgue était l'œuvre d'un de ces artisans qui furent sur terre de véritables ambassadeurs de Dieu et dont personne ne se souvient. Bapaume avait connu l'instrument jusqu'aux entrailles. Il le savait capable de rassembler autour de lui un chœur de séraphins accourus des quatre coins du paradis toutes affaires cessantes. À partir du jubé, il fallait monter encore un escalier. L'arrivée de Louis coïncida avec la fin du morceau. La dame du magasin général était assise devant les claviers.

Elle gardait le visage droit, comme quelqu'un qui s'est préparé à ce qui va lui arriver. Louis s'était immobilisé au milieu de l'escalier, seules dépassaient de la trappe sa tête et ses épaules. La musicienne l'aperçut du coin de l'œil. Elle porta les mains à sa figure et, dans un geste las, massa ses pommettes hautes, s'étira la peau des joues, joignit les doigts derrière sa nuque. Puis ses poignets retombèrent mollement sur ses cuisses. Bapaume gravit les dernières marches.

– Qu'est-ce que cela signifie ? Comment se fait-il que vous connaissiez cette musique ? Elle n'a jamais été publiée. Je l'ai écrite à Paris il y a plus de vingt ans !

Tout cela dit avec précipitation, dans un chuchotement effrayé.

– Il fut un temps où vous ne me vouvoyiez pas, monsieur Bapaume.

Louis demeura interdit. Il scruta le visage de la femme. En dehors de sa ressemblance avec celui de sa mère, il ne lui disait rien, il aurait juré qu'il ne l'avait jamais vu avant aujourd'hui.

– Je crois comprendre, madame, que nous nous sommes jadis connus. Mais… je suis désolé… je ne me rappelle rien de vous…

Il était un peu penché, il avait posé le poing sur sa poitrine, sa physionomie exprimait le désarroi le plus sincère.

– Ce serait donc moi, madame, qui vous aurais appris cette musique ?

Elle le laissa rêver là-dessus quelques secondes. Puis, avec une indifférence calculée :

– J'en avais effectué une transposition pour le piano, non ? Cela m'étonne que vous l'ayez oublié. Nous l'avions jouée à quatre mains, en sortant du lit, le dernier matin où nous nous sommes vus. Souvenez-vous. C'était juste avant que vous partiez.

– Vraiment, madame ? Vraiment ?

Il s'assit atterré sur la banquette. Il faisait non de la tête. Il esquissait de vagues mouvements de la main, qui avortaient aussitôt. Il ressemblait à un homme à qui on vient d'annoncer une catastrophe.

– Une des toutes premières pièces que j'ai écrites. J'avais à peine vingt ans. Elle date de l'époque – de l'époque bénie – où je composais sans y penser, comme le castor construit des barrages, sans aucune idée du tort que cela pourrait causer. Je veux dire… Croyez-vous que le bacille de Koch sait ce qu'il fait ?… Je vous pose sérieusement la question, madame. Si vous étiez un bacille de Koch, auriez-vous une idée claire du mal que vous faites ?

– Enfin, je ne sais pas. Non. Je crois que non.

Elle le considérait avec malaise et défiance, comme on regarde quelqu'un qui n'a plus toute sa tête, et Bapaume s'en rendit compte. Il pencha de nouveau le front. On aurait dit qu'il ne s'adressait qu'à lui-même.

– C'est bête, mais j'avais complètement oublié cette musique… Oui, une des toutes premières que j'ai composées… J'en avais retrouvé le manuscrit avec étonnement, l'été dernier… J'avais alors résolu d'en faire le début de mon oratorio. (Il leva les yeux vers elle.) Oui, je composais un oratorio, figurez-vous. Je ne plaisante pas, madame. J'étais un homme humilié, méconnu, détruit en outre par le pire malheur qui puisse frapper un être… Et c'est justement en travaillant cette introduction que tout à coup j'ai pris conscience que tous mes efforts… enfin, peu importe. Mon orgueil a été bien attrapé. La musique m'a quitté à jamais, madame. D'ailleurs, qui s'intéresse à ces choses ? Tout cela doit vous paraître incohérent, et je vois que je vous embête…

– Vous ne m'embêtez pas.

– S'il m'est arrivé de vous causer quelque dommage… Cela serait d'autant plus grave si j'en avais tout oublié…

La femme ne répondit pas. Rien ne transparaissait dans son attitude qu'une intelligence lasse, et une tristesse revenue de tout, qui n'attend plus grand-chose du monde ou de ce que les êtres peuvent les uns pour les autres. Elle passa lentement devant Bapaume et s'empara du sac à main qui se trouvait à l'autre bout de la banquette. Elle en tira deux sachets en tissu.

– Tenez, dit-elle.

C'était comme s'il n'avait pas entendu. Il lui saisit le bras d'un air hagard. Et, tout entier dans son élan, en homme qui confesse une faute avec ardeur :

– Je croyais que c'était une femme !

La musicienne joignit les sourcils. Elle dégagea délicatement son poignet de l'étreinte de Bapaume :

– De quoi parlez-vous ?

Louis chuchotait, mais il y avait un cri de détresse dans ses yeux :

– La petite morte derrière les rochers !... Je ne savais pas. Je croyais que c'était une femme ! Vous comprenez ? Une adulte, pas une fillette ! Et puis pourquoi l'a-t-on exposée comme ça, dans l'état où on l'a trouvée ? Est-ce qu'on ne doit pas habiller les morts ?

– C'est le bedeau qui a voulu ça. Je ne sais pas pourquoi.

Après un silence, elle ajouta qu'elle avait été son institutrice. Que c'était une enfant très bien. Qu'elle préférait ne pas en parler. On entendait au-dehors un bruit de foule qui se met en marche, le crissement des bottes dans la neige.

– Vous deviez l'aimer beaucoup, madame, pour ne pas vouloir en parler.

La femme répéta : « Tenez ! » Elle lui tendait les deux sachets. Bapaume les prit dans ses mains et les examina sans comprendre. La femme sortit de son sac un paquet de cigarettes et, avec une fausse désinvolture, elle en alluma une.

Bapaume la regardait avec ahurissement. Fumer dans une église ! La dame tâchait de se donner un air naturel, mais elle n'avait visiblement pas l'habitude du tabac. La fumée n'était pas sitôt dans sa bouche qu'elle l'expulsait sans la respirer, avec une petite grimace involontaire, et des larmes lui venaient aux yeux.

– J'avais vingt-quatre ans. Ça me fait tout drôle de penser que j'aie pu déjà avoir vingt-quatre ans. Vous apparaissiez à la nuit tombante, une fois par semaine, parfois deux, quand vous reveniez d'enseigner la musique aux petites jumelles von Croft. Je trouvais que je ne vous voyais jamais assez, et parfois je prenais des risques. Je rôdais autour de la maison von Croft simplement pour pouvoir vous apercevoir un peu, de loin, au travers d'une fenêtre. Je n'osais même plus sortir tellement j'étais hantée par l'espoir douloureux que vous vous présenteriez à l'improviste. Vous arriviez par la cour arrière pour être bien sûr de n'être pas vu, et vous ne repartiez qu'à l'aube. Et ce matin-là, justement, je m'étais dit : « Allons bon, voilà qu'il a encore oublié quelque chose ! » Et j'ai pris ces deux objets-là, et je les ai mis dans mon sac à main pour vous les rendre à notre prochaine rencontre. Ma seule erreur a été de croire que je vous reverrais le jour même. Mais en début de soirée on m'apprenait que vous étiez parti. Je savais néanmoins que cette rencontre finirait par avoir lieu, car il était impossible pour moi que vous me quittiez sans un adieu. Inconcevable. C'est pourquoi ces deux choses-là ne sont jamais sorties de mon sac. Depuis vingt ans, je n'ai pas mis le nez dehors une seule fois sans elles…

Bapaume, alarmé, palpait les sachets sans les ouvrir.

– Mais qu'est-ce que c'est ?

– Quand je vous ai aperçu aujourd'hui, j'ai cru un instant… comment vous dire ? J'ai cru que vous étiez venu jusqu'ici pour moi. Un peu pour moi. Pour me demander pardon. Pourquoi me regardez-vous comme ça tout à coup ?

Il ne répondit pas. Embarrassée, elle éteignit sa cigarette sous son talon. Ne sachant que faire du mégot, elle finit par le remettre dans le paquet.

Le premier sachet contenait une pipe, le second un objet en verre dur, de forme pyramidale. Un prisme peut-être. Il n'y avait pas assez de lumière pour le vérifier. Vaguement, très vaguement, Louis se rappelait avoir déjà dans un très lointain passé tâté du tabac. La pyramide de verre aurait pu appartenir à n'importe qui.

– Vous aviez oublié l'un sur la table de chevet, l'autre dans le cendrier de la cuisine – et ces mots étaient des choses qu'elle laissait tomber négligemment sur son passage.

Elle retourna à l'orgue.

Une porte basse s'ouvrit, une petite vieille apparut, et comme l'obscurité enveloppait sa robe sombre, on aurait dit une tête chenue flottant dans les airs. Elle portait entre ses bras des partitions qu'elle déposa lentement sur le pupitre de l'instrument. La musicienne la remercia. La vieille dame lui adressa quelques mots à voix basse, et l'autre lui répondit pareillement.

La foule du dehors se mit à affluer enfin dans l'église sans que Louis puisse deviner pour quelle soudaine raison. Il se pencha au-dessus de la balustrade.

– C'est la dernière équipe de sauveteurs qui revient, expliqua la musicienne. Le curé était parmi eux. C'est lui qu'on attendait.

Ses mains s'approchèrent des claviers. La vieille dame s'était assise docilement à ses côtés pour tourner les pages de musique.

– Je constate que vous avez dû souffrir à cause de

moi. Je le regrette, croyez-le bien. Pardonnez-moi aussi d'avoir à ce point oublié. J'ai… si vous saviez… le sort m'a porté un coup terrible…

Elle eut un ricanement bref, désabusé.

– Partez l'âme en paix, comme on dit, je ne vous en veux pas. Nous n'avons rien d'autre à nous dire.

Il avança vers elle, le pas indécis.

– Veuillez m'excuser, monsieur Bapaume, fit-elle sur un ton posé et ferme, et cela ressemblait à un ordre.

Louis se retira. Sans qu'il en eût conscience, elle le suivit du regard jusqu'à ce qu'il eût disparu dans la cage de l'escalier. Il songea à abandonner sur une marche la pipe et l'objet en verre, mais, se ravisant, il les rangea dans sa poche. Il dressa l'oreille. De nouveau la musique qui résonnait dans l'église était de lui.

Louise, un peu comme vous, lui aurait-elle répondu. Mais il n'avait même pas pensé à lui demander son nom.

*

* *

La multitude s'insinuait entre les bancs, dans une sorte de remuement recueilli, comme dans une chambre, la nuit, on mesure ses gestes pour ne pas réveiller un enfant qui dort. Des visiteurs des alentours étaient venus présenter leurs condoléances, car il était peu probable que Saint-Aldor fût peuplé à ce point. Un jeune prêtre s'avançait vers le cercueil avec une circonspection incrédule, effaré par la pitié et le chagrin. Une large écharpe était nouée autour de son cou, il étranglait son béret dans son poing droit. Bapaume entendit quelqu'un murmurer :

– C'est lui qui lui avait appris à lire…

Il remarqua aussi Maurice von Croft qui parlait avec son père à l'entrée du déambulatoire. Ils le remarquèrent à leur tour et se dirigèrent vers lui. Mais le garçon s'interrompit au milieu du trajet et sortit par la porte latérale. Robert von Croft avait les paupières boursouflées et rouges.

– Mon fils m'avise que l'accouchement est terminé. Julia lui a fait dire qu'elle était prête à vous recevoir. Elle se trouve encore chez les Soucy. C'est tout près d'ici, en face du magasin général, la maison verte, vous ne pouvez pas vous tromper. Julia vous attend.

Des cierges circulaient d'un paroissien à l'autre, chacun allumant le sien à celui de son voisin. Le jeune curé avait rejoint le bedeau et, prostré, avait posé le front sur le prie-Dieu. Des groupes d'enfants, guidés par des institutrices, pénétrèrent en rangs serrés. Il y en avait de tous âges. Les plus jeunes étaient vêtus comme des oursons. On en vit un battre des mains : il croyait que c'était la fête de Noël. Louis chercha des yeux le petit Montagnais, mais il ne semblait pas être là. La flamme des chandelles qui encadraient le cercueil s'était mise à danser doucement, comme si la petite fille faisait un rêve. Le vieil homme retint Louis par la manche.

– J'ai ordonné à Maurice de préparer les chevaux et le traîneau. Il vous conduira à la gare. Il ne faudra pas lambiner mais vous devriez être bon pour huit heures.

– Je vous remercie pour tout, monsieur von Croft.

Il regarda Bapaume droit dans les yeux.

– Vous savez, monsieur Bapaume, je suis un artisan consciencieux. Je distingue le bois dont je ferai un meuble du bois qui finira dans la cheminée. L'oubli c'est pareil. Je veux dire… Il sait ce qu'il fait quand il jette quelque chose au feu.

Bapaume opina humblement.

– J'essaierai de ne pas l'oublier.

Von Croft continua à le fixer de son œil impénétrable, sans rien ajouter. « De quel droit suis-je venu embêter ces gens ? » pensait Louis. Sa présence au village lui semblait de plus en plus saugrenue, injustifiable, absurde.

Il referma derrière lui la porte de l'église alors qu'on entamait la première prière. Le magasin général se trouvait tout droit au bas de la côte. Il n'éprouvait ni trac ni crainte. Il se sentait la tête et le cœur vides. Il marchait au devoir qu'il s'était imposé, sans plus se poser de questions. Il ne put néanmoins réprimer un tremblement en apercevant la maison verte. De l'église, les grondements de l'orgue animaient le sol d'une vibration qui se communiquait à ses jambes.

La porte s'ouvrit sitôt qu'il fut sur la sente traversant le parterre. Julia achevait de donner des conseils à l'homme qui se tenait sur le seuil. Celui-ci marqua la ferveur de sa reconnaissance en lui baisant les mains. Puis immédiatement, en se tournant vers Louis :

– Tiens donc, fit-elle d'un ton enjoué, si ce n'est pas monsieur Bapaume !…

Des larmes lui montèrent aux yeux, irrépressibles, et il murmura son prénom… Elle s'approcha de lui, le bras tendu, la mine épanouie.

– Alors ? Il paraîtrait que vous voulez me parler ?

C'était Julia telle que Dieu avait dû la concevoir de toute éternité. Telle qu'elle était à huit ans. Telle qu'elle serait le jour du Jugement dernier.

– Un gros bébé de sept livres, fit-elle en désignant du pouce, par-dessus son épaule, la maison des Soucy. Une petite fille à part ça.

– Félicitations.

Elle eut un rire débonnaire :

– Oh ! ce n'est pas à moi qu'il faut dire ça…

Puis elle l'observa de ses yeux lumineux et intenses. Les mêmes qu'autrefois, avec cette lueur anxieuse au fond, comme on regarde un funambule, attentif au moindre frémissement de la corde. Louis considérait avec tendresse le grain de beauté qu'elle avait au-dessus de la lèvre.

– Qu'êtes-vous venu me dire, monsieur Bapaume ?

Il hésitait, l'air d'un enfant qui ne sait s'il a fait une bonne action ou une grosse bêtise. Elle caressa du bout des doigts le front de Louis couvert de sueur.

– Vous avez encore de la suie de charbon sous les yeux. Remettez votre chapeau, vous allez prendre froid.

– Je suis venu vous demander pardon, Julia.

– Pardon ? Mais de quoi ?

Bapaume la regardait avec une timidité implorante.

– Mais enfin, pourquoi ?

Elle avait dit cela dans un murmure. Louis serra très fort les paupières et enfouit sa figure dans son cache-nez.

– Venez, ne restons pas ici. (Elle lui prit délicatement le coude.) Nous allons marcher vers l'église. Cela fait toujours du bien.

Louis Bapaume se laissa faire. Il n'avait pas fait cinq pas que ses genoux flanchèrent, il s'affaissa parmi des buissons couverts de givre. Elle l'aida à se relever. Sa joue écorchée saignait.

– Il ne faut pas vous mettre dans des états pareils.

Louis prenait de grandes inspirations.

– Ça ira, mademoiselle von Croft. Ne vous en faites pas.

– Je ne suis plus mademoiselle von Croft, je suis madame Rocheleau.

– Excusez-moi, je m'en souviendrai.

– Mais ce n'est pas grave, voyons.

Bapaume marchait en regardant la neige. Il sentait le bras de Julia sous le sien et songeait combien il eût souhaité ne pas avoir à dire ce qu'il avait à dire. Comme cette présence lui était chère ! Comme il eût été bon de se promener ainsi, côte à côte, sans autre raison que la joie de se retrouver !

– Allez-vous me dire, à la fin…

– J'ai été méchant avec vous. J'ai agi envers vous comme on n'a pas le droit d'agir envers des enfants.

Ils continuèrent à avancer en silence. Julia réfléchissait.

– J'ai beau chercher, fit-elle enfin, je vous jure que je ne comprends pas.

Ils étaient parvenus près de l'église. Julia s'approcha de la porte et, se soulevant sur la pointe de ses bottes, hasarda un œil par le carreau. On en était à observer une minute de recueillement. Tous priaient agenouillés. Les cierges brillaient au-dessus des têtes comme un tapis d'étoiles. Elle s'assit sur les premières marches du perron.

– Je vous ai rudoyée. Je vous ai donné des claques derrière la tête. Une fois même, je m'en souviens très bien… mon Dieu que cela m'est pénible à dire… j'ai pris la règle, et… et je vous en ai administré dix coups sur les cuisses… Dix coups !

Julia éclata de rire.

– Ah ça ! je m'en souviens !… Mais je l'avais bien mérité, va. N'est-ce pas la fois que ma sœur et moi, nous essayions de nous faire passer l'une pour l'autre ? Bien des jumeaux s'amusent à ça, surtout enfants, c'est sans malice. Mais vous étiez un coriace, vous nous distinguiez à notre manière de jouer du piano. J'ai bien vu ce jour-là que vous aviez perdu votre sang-froid.

– Mais je n'en avais pas le droit !

– Bon, admettons que ce n'était pas très gentil de votre part. Voulez-vous que je vous gronde pour ça ? « Eh bien, vous avez été ce jour-là un bien vilain bonhomme, na ! » Voilà, c'est fait. Vous considérez-vous quitte à présent ?

Louis Bapaume porta les poings à ses tempes.

– Je ne plaisante pas, mademoiselle von Croft ! C'est grave, très grave, ce que j'ai fait. J'ai abusé de mon ascendant sur vous. Vous comprenez ? Mon Dieu, s'il faut tout expliquer... J'étais la risée du Collège de Saint-Aldor. Mes élèves me chahutaient, les autres instituteurs, plutôt que de me soutenir, se moquaient ouvertement de mes efforts pour enseigner la musique, ils tournaient en dérision la méthode que j'avais inventée ! Tout cela était des sottises, j'en conviens, et je m'en suis vite rendu compte. Mais c'était le rêve de ma vie qui s'effondrait. Et on ne m'a pas aidé. Ça, non, on ne m'a pas aidé. Personne.

Julia examinait cet homme miné, précocement vieilli, malade peut-être. Il paraissait au bord de l'essoufflement. Jamais elle ne se serait attendue à cela. Ces actes qu'il traitait comme des crimes, elle-même n'aurait pas songé un instant à les tenir pour des fautes. Mais peut-être se trompait-elle. L'ardeur avec laquelle il s'accusait était si impressionnante, et en un sens si suspecte, qu'elle semait dans son cœur un doute dont Julia n'arrivait pas à se débarrasser. Bapaume avait déposé son bagage. Il faisait les cent pas sur le parvis, les mains croisées derrière le dos. Puis, s'immobilisant :

– Enfin, il y avait vous. Vous, Julia, qui étiez si douée pour la musique. À qui je m'accrochais comme à une bouée ! Vous rachetiez par votre grâce, votre intelligence, votre vivacité, toutes les heures d'humiliation que je connaissais au collège. Et je vous aimais, Julia !

Mon Dieu que je vous aimais ! Saviez-vous cela ? Saviez-vous que je venais souvent la nuit, et que je grimpais sur le larmier de la maison pour vous regarder dormir à travers votre fenêtre ? Oui, j'ai fait cela, moi, Louis Bapaume !

Il se frappa du poing la poitrine, sans qu'on sache très bien s'il s'agissait d'un reproche amer qu'il s'adressait ou d'une affirmation orgueilleuse.

– Et je priais pour vous, Julia. Chaque matin, chaque soir. Je croyais que prier éloignerait de vous le malheur, j'étais complètement fou. Je composais des petites pièces à votre portée. Toutes ces choses que je vous faisais jouer, elles étaient de moi ! Je les avais composées à votre intention !

Et il se mit à chantonner un air sautillant et primesautier, en battant du bras la mesure, prrrom-pom-pa-pom, prrrom-pom-pa-pom…

Il s'interrompit brusquement.

– Toute cette période est très confuse dans ma tête. J'essayais alors de me convaincre que tout n'est qu'illusion, la matière, le monde, quelque chose dans ce goût-là. Je passais des nuits épuisantes à ne faire que ça. J'arrivais chez vous à heure fixe, harassé, la moitié de la tête en orbite, il n'y avait que la musique pour me ramener sur terre. Et vous, vous vous *amusiez* ! Vous traitiez votre talent musical comme… comme un vieux jouet dont on s'est lassé. Vous négligiez vos leçons, vous laissiez échapper de gros soupirs d'ennui, vous ricaniez dans mon dos avec votre sœur à cause de ma façon de m'habiller, ou de certains mots qui me faisaient bégayer, voilà pourquoi je voyais rouge !

– Calmez-vous, je vous en conjure, fit-elle avec douceur.

– Je suis venu vous demander pardon pour tout cela.

Des chants mêlés de murmures recommencèrent à se faire entendre, le clocher se mit à résonner. Bapaume sursauta si vivement qu'il faillit perdre l'équilibre.

– Mon Dieu ! ne vous effrayez pas comme ça. Ce n'est que Coq-l'Œil.

La pauvre bête avait une gueule horrible. La moitié du visage lui manquait, plus de peau pour recouvrir sa mâchoire, et son œil de la grosseur d'une balle de golf, qui tenait à peine au bord du crâne, menaçant à tout instant de rouler par terre, dardait vers le ciel son regard fossile, éperdu et violet. Louis y reconnut la chose qu'il avait rencontrée tout à l'heure sur sa route.

– Le chien du quêteux, dit Julia en lui caressant le cou. Quelqu'un, on ne sait pas qui, on ne sait pas pourquoi, lui a un jour lancé de l'huile bouillante sur la gueule. Ç'a donné ça. Son maître en a reçu un tel choc qu'il est passé de vie à trépas la même nuit. Tout arrive, vous savez. Depuis Coq-l'Œil n'appartient plus à personne, un peu tout le monde le nourrit. On le voit retontir tous les trois mois. Il passe quelques jours parmi nous, à pratiquer le noble métier de son maître, puis il s'en retourne, avec des airs de comprendre des choses qu'on ne comprend pas. T'es pas très joli, mais c'est pas de ta faute, hein, mon Coq-l'Œil ?

Elle passa sa joue dans le cou du chien.

– Et pourtant. Touchez comme son poil est doux. On dirait un nuage.

Louis n'en fit rien.

– Je vous assure qu'il n'est pas méchant, monsieur Bapaume. Quand on est méchant, on s'en tire mieux que ça dans la vie, croyez-moi.

– Les animaux me terrifient. Je n'ai jamais touché à un chien de mon existence.

– Vous n'êtes pas doué pour le bonheur.

Elle continuait à flatter Coq-l'Œil avec sa moufle.

– Vous parlez de claques derrière la tête, monsieur Bapaume. Mais autant que je me rappelle, les fois où cela vous est arrivé, vous frappiez avec une liasse de quelques feuilles : il n'y avait pas là de quoi me fendre le crâne. (Elle ajouta avec un rire :) J'ai la caboche plus dure que ça, n'est-ce pas, mon Coq-l'Œil ? Ensuite, il est vrai, il y a eu cet épisode des coups de règle sur mes cuisses. Il y a eu aussi une fois où j'avais ri durant une de vos dictées musicales – vous appeliez ça des courses de notes –, vous m'aviez obligée à me tenir une heure à genoux, les poignets ligotés derrière les reins, et peut-être que les liens étaient serrés un peu fort…

Louis Bapaume, les yeux fermés, se mordait le poing.

– Mais ça, s'empressa-t-elle d'ajouter, j'ai encore le souvenir que j'en riais déjà le lendemain. Or, à part cela, quoi ? Qu'avez-vous à vous reprocher ? Regardez-moi, monsieur Bapaume. Je n'aurais jamais imaginé à cette époque que vous étiez si malheureux. C'est moi qui vous demande pardon.

– Oh, ne dites pas ça, je vous en supplie. Ne dites pas ça. Votre sœur, elle, n'a pas oublié ce que je vous ai fait subir. J'ai bien vu qu'elle m'en voulait encore.

– Oh, ça. Ma sœur vous a peut-être manifesté un peu d'humeur cet après-midi, mais elle est comme ça avec tout ce qui m'approche, elle me considère un peu comme sa propriété.

– De toute façon, Geneviève me détestait déjà voilà vingt ans.

– Mais ne croyez pas cela, dit-elle, et il y avait de l'étonnement, de la compassion aussi, dans sa voix. Je connais ma sœur, vous pensez bien. Et peut-être que dans ce temps-là, n'est-ce pas, vous n'aviez d'yeux que pour sa jumelle. Ses efforts à elle, vous les remarquiez peu. Elle restait dans son coin à nous regarder, vous surtout, je crois. Vingt ans plus tard, vous revenez, et c'est encore à sa sœur que vous désirez parler. Geneviève a souffert de cela, peut-être, je ne sais pas.

– Là-dessus aussi j'aurai donc été injuste…

– Mais non.

Le chien se dressa sur ses pattes et Louis recula d'un pas. La bête s'éloigna mine de rien. Bapaume ramassa sa mallette. Il la tenait pressée contre son ventre.

– Que voulez-vous me dire encore, monsieur Bapaume ? Je suis fatiguée. Je vois une question dans vos yeux.

– La musique… ? Vous avez continué ?…

Julia ne répondit pas tout de suite. Avec une pointe de dépit, et de pitié pour lui, comme si, malgré le chagrin qu'elle regrettait de devoir lui faire, il lui fallait tenir son rôle jusqu'au bout, elle enleva sa moufle. Les trois derniers doigts de sa main gauche avaient été tranchés.

– Un accident, dit-elle.

Et, après un reniflement détaché, elle renfila sa moufle.

Bapaume avait l'immobilité d'une statue. Ses traits s'étaient figés. Puis, telle une goutte qui naît au bout d'un glaçon, une larme grossit soudain au coin de son œil, glissa lentement jusqu'à son menton, blanchit. L'orgue et les chants avaient repris dans l'église. D'une voix qu'elle eut peine à reconnaître, celle qui part des entrailles, avec l'accent qu'on donne aux mots qu'on ne prononcera qu'une fois dans sa vie :

– Je vous jure, Julia, que, quelles que soient les punitions impardonnables auxquelles je vous ai soumise, jamais, pas une seule seconde, je n'ai éprouvé le moindre plaisir à vous les infliger.

Julia éclata d'un sanglot sec, nerveux, comme un esclaffement. Elle s'excusa, elle invoqua la fatigue. Elle s'épongea les yeux avec sa manche.

N'empêche, la sincérité de ces paroles venait de la libérer d'un dernier soupçon, et elle respirait mieux. Son attention un instant se porta au-delà de Bapaume. Le bruit sourd et amorti des sabots dans la neige. Maurice au loin, avec les chevaux et le traîneau.

– Et vous avez fait toute cette route, après vingt ans, pour me parler de cela… Je vous jure que si j'avais su…

Louis s'assit près d'elle sur une marche plus basse. Son visage était à la hauteur des cuisses de Julia. Elle était songeuse soudain.

– Ils vont l'appeler Carmen.

– Pardon ?

– La famille Soucy. La petite fille qui vient de naître, ils vont l'appeler Carmen. Le nom de la fille du bedeau.

– J'avais un fils, dit Louis. Il avait douze ans. Il est décédé au printemps dernier.

Julia regarda en direction de la maison Soucy. Ses yeux luisaient comme si on promenait une bougie devant. Les mots n'arrivaient pas jusqu'à ses lèvres, ils retombaient au fond de son cœur, mort-nés. Elle s'empara finalement de la main de Bapaume et y posa sa joue. La main de Louis était chaude, velue, humide et glacée au bout des doigts, comme le museau d'un chien.

– Ma femme et moi avions accepté la pauvreté. C'était le prix de ma liberté. Elle voulait que je ne pense à rien d'autre que la musique. Nous vivions dans une sorte d'indifférence heureuse et sordide, avec la poussière, le garde-manger qui empestait, l'humidité et la moisissure qui s'accumulait à l'angle des murs. Avec tout ça pas l'ombre du sens des priorités, les liqueurs les plus chères et des trous dans les souliers, mon fils ayant su déchiffrer des partitions à six ans, et n'ayant appris à lire que beaucoup plus tard, comme au hasard, en fréquentant à peine l'école, c'est qu'il était doué, le sacripant. Il y avait aussi des souris à la maison, je ne sais pas pourquoi je vous raconte tout ça, elles ne m'inspiraient pas de grandes œuvres, mais de la peur et du dégoût. Nous étions à ce point à court d'argent que nous nous faufilions la nuit dans les hangars des voisins pour faire provision de pièges à souris. Bien sûr, ma femme avait ses crises, des velléités de Grande Réforme, et durant trois jours, un ouragan de brosses à récurer et de laines d'acier dévastait la maison. Puis le souffle nous manquait, et tout recommençait à pendouiller, à bâiller, à croupir dans l'innocence du bonheur. Enfin, c'est pour vous dire, mon fils a grandi dans tout ça. Avant de tomber malade. Et alors, tout s'y est mis, une vraie fanfare. Rien ne coûte cher comme un enfant qui va mourir. Ce n'est pas fait pour les petits budgets, la tuberculose. Nous avons fait ce que nous avons pu. La pensée ne me quitte jamais pourtant que, si j'avais accepté voilà cinq ans le poste de professeur qu'on m'offrait… Ou si nous avions donné à mon fils des conditions de vie, mettons, plus raisonnables, plus saines…

– Vous avez tort de vous faire des reproches comme ça, murmura-t-elle.

Elle lui tenait toujours la main. Il sentait son haleine chaude au creux de sa paume.

– Je… J'ai cru longtemps que cette épreuve m'avait été envoyée par Dieu pour me rappeler à l'ordre, pour me sortir de la torpeur où je végétais, de mon incapacité depuis deux ans à composer la moindre musique. Aussi me suis-je jeté dans le travail. Comprenez-vous ? Je croyais que Dieu attendait de moi que je compose un magnifique oratorio inspiré par la douleur !… Comme si Dieu achetait quelques pages de musique avec la vie d'un enfant… Mais c'est ma vanité, le démon de ma vanité en réalité qui me soufflait tout ça... Avant d'avoir mon fils, je ne savais pas ce que c'était qu'un enfant. Avoir un enfant ne nous apprend d'ailleurs rien d'autre, mais cela suffit, cela est infini. Jamais je n'aurais toléré que quelqu'un lui fasse ce que je vous ai fait. Voilà pourquoi l'idée s'est imposée à moi de m'acquitter de cette dette envers vous.

Il ouvrit son bagage avec des gestes empreints de tendresse et de tranquillité.

– J'aimerais que vous acceptiez ceci, Julia.

Julia ramena frileusement les mains sur sa poitrine, comme si elle n'osait toucher à ce qu'on lui offrait. C'était un ourson de peluche. Son ventre avait été raccommodé avec du gros fil. Il avait un bouton de culotte cousu à la place de l'œil droit, et une oreille arrachée.

– C'est l'ourson que mon fils avait quand il était tout petit. Il avait tellement joué avec lui que, voyez, le ventre en avait été déchiré, il avait perdu un œil, une oreille. Il l'avait reprisé lui-même, je me rappelle ; il m'avait piqué un bouton de culotte... Accordez-moi, Julia, la faveur de l'accepter.

– Mais, monsieur Bapaume, jamais je n'oserais...

– Acceptez-le. Ainsi, et ainsi seulement, je pourrai croire que vous m'avez pardonné.

Julia l'interrogea des yeux. Puis elle approuva gravement. Elle venait de comprendre le sens de ce don. Elle cala l'ourson contre son sein.

– N'allez pas penser que je vous ai raconté tout ça pour me faire plaindre. Les poses et les simagrées, il y a longtemps que j'ai balancé ça par la fenêtre... En dépit de ce que je vous ai dit, mademoiselle, sachez que nous formions une famille heureuse, amoureuse d'elle-même, une seule humeur circulait entre nous trois. Nous étions fous l'un de l'autre. Mon fils a manqué de bien des choses, mais il n'a jamais manqué de ce qui ne s'achète pas. Si j'avais un seul regret, ce serait de n'avoir pas su trouver les mots pour lui exprimer tout ce qu'il représentait... Mais tous les pères en sont peut-être là.

Le traîneau arrivait, Maurice en descendit d'un bond.

– J'aimerais aussi... parce que je n'ai pas pu le faire... j'aimerais que vous présentiez mes condoléances au bedeau. Dites-lui que moi-même... ce qu'il ressent...

– Je n'y manquerai pas, je vous le jure.

Elle fut prise d'un nouvel accès de larmes.

– Mon Dieu, qu'est-ce que j'ai fait ? dit-elle. Et comme nous avons été cruels envers vous.

Bapaume dénoua son écharpe et s'en servit pour lui essuyer les yeux.

– Ne dites pas de bêtises.

Elle fit un effort pour sourire.

– Mais pourquoi ne restez-vous pas ? Nous pourrions souper tous ensemble. Il y aurait même un lit pour vous ! Mon père adore évoquer des souvenirs. Je voudrais... je voudrais réparer...

– C'est impossible, je vous assure.

Elle hésita, puis :

– Il y a quelque chose que moi aussi, je voudrais vous dire...

Elle consulta Maurice du regard. Louis aperçut le garçon qui faisait discrètement non de la tête.

– Après tout, je ne crois pas que ça soit nécessaire...

Il y eut un silence. Elle approcha la main de sa figure puis – Maurice brandit son fouet, les chevaux secouèrent le mors – avec une simplicité affectueuse qui bouleversa Louis, elle lui pinça la joue.

– Je vous aimais bien, moi aussi, vous savez, monsieur Bapaume. Vous étiez si timide, si touchant !... Et je trouve aujourd'hui que… je trouve que vous avez eu un courage admirable. Excusez-moi, je suis comme Coq-l'Œil, je ne sais pas parler. Mais jamais je ne vous oublierai. Vous êtes le meilleur homme que j'aie connu de toute ma vie.

– Oh ! ne pensez pas ça ! – et il tourna les talons comme s'il fuyait ce qu'elle venait de dire.

Il stoppa net en se retrouvant nez à nez avec le chien. Ils s'observèrent. La bête agitait la queue, Bapaume se pencha. Il lui flatta timidement la tête. Coq-l'Œil alla rejoindre Julia.

Les fidèles ressortaient par petits groupes de l'église. Le chant d'orgue avait repris. C'était toujours la musique de Bapaume. Les notes basses du pédalier cognaient dans les marches du perron tel un cœur dans une poitrine. Maurice aida Louis à monter dans le traîneau.

– Dieu vous assiste ! lui cria Julia qui déjà se fondait dans la cohue.

Bapaume se contenta d'un signe de tête désapprobateur, comme s'il ne voulait surtout plus que Dieu se mêle de tout ça.

*

* *

« Voilà, la chose est accomplie », se disait-il. Et pourtant, qu'est-ce qui avait été accompli ? Il ne pouvait pas même se dire soulagé, pas même parler d'événement. Il avait fait ce qu'il avait à faire, certes. Il avait parlé comme un torrent, comme il n'avait jamais parlé à personne. C'était néanmoins comme si rien n'avait eu lieu. Il était habité par ce sentiment d'irréalité, et d'hébétude, que l'on éprouve au retour d'un enterrement.

Il était assis aux côtés de Maurice, leurs coudes et

leurs genoux se touchaient. Il venait de lui révéler qu'il était l'auteur de la pièce que le frère Decelles faisait travailler à la chorale, mais le garçon n'avait pas manifesté de réaction particulière, peut-être même ne l'avait-il pas cru. L'attention de Maurice ne quittait la croupe des chevaux que pour se porter vers l'horizon, à la manière d'un marin qui déchiffre la mer. « Je ne suis pourtant pas venu jusqu'ici pour rien, se disait Bapaume, tout cela doit signifier quelque chose. » Il se sentait à deux doigts du but sans parvenir à y toucher. Comme si toutes les lampes étaient en place et qu'il ne restait qu'à trouver le commutateur pour que la lumière se fît. Qu'est-ce que Julia avait voulu lui dire ? Et pourquoi Maurice s'était-il opposé à ce qu'elle parle ?

Il observait le fils von Croft comme si la réponse pouvait se cacher dans sa figure, dans ces yeux minces comme le rai qu'on aperçoit sous une porte close. Mais il avait un visage pour masquer, à l'instar de son père. Tenter d'y lire, c'était essayer de deviner la voix de quelqu'un en scrutant sa photographie.

– La fille du bedeau, tu la connaissais ?

– Un peu, dit-il, comme tout le monde.

Il fit claquer sa langue pour réveiller les chevaux qui paressaient.

Des filaments de clarté s'élevaient au-dessus des montagnes et brouillaient de leur danse le champ des étoiles. Quelques fenêtres étaient allumées dans le collège de Saint-Aldor. À sa vue, Louis retrouva, parfaitement inchangé, le sentiment d'humiliation qu'il avait eu ce matin en arrivant. De toute façon, il savait avant même de l'entreprendre que son acte ne le guérirait pas de lui-même. Ce n'est certes pas *pour se sentir mieux après* qu'il était venu jusqu'ici implorer un pardon.

– Tu sais, tu me fais beaucoup penser à moi-même

quand j'avais ton âge. Moi aussi, j'étais pensionnaire dans un collège. Je ne me plaignais jamais. Mes seuls refuges étaient le silence et la musique.

Bapaume grelottait, mais ce n'était pas de froid. Il avait l'impression de s'adresser à un tas de pierres. Comment le rejoindre, mon Dieu, par quel biais le toucher ? Et le temps qui filait ! Il lui prenait des envies de le secouer par les épaules. Il consulta sa montre et s'aperçut qu'il avait perdu un gant, il ne savait ni quand ni où. Il enfouit la main dans sa poche et sentit un contact glacé. C'était la petite pyramide de verre que lui avait rendue la dame à l'église. Il n'y pensait déjà plus.

– C'est drôle, tu t'appelles Maurice comme mon fils. Il aurait eu treize ans hier, le 22 décembre.

– Hue !

Les chevaux accélérèrent le pas. Ils traversèrent à rebours la sente du bois, et de nouveau, comme au matin, la neige tombait des branches par lourdes plaques molles… Louis allait risquer une question sur la mère du garçon, en désespoir de cause, pour l'obliger à s'ouvrir, quitte à lui faire mal.

Une considération toute simple cependant l'arrêta. Chez les von Croft, il n'avait remarqué aucune trace de la mère de Maurice. Pas une image, pas une photo encadrée, pas un souvenir, rien ! Comment cela se faisait-il ? Et pourquoi toutes ces photos de lui sur les murs et les meubles de la chambre de Julia, alors qu'il n'en avait trouvé nulle part ailleurs ? Il n'y avait pas là matière à tirer des conclusions, il le savait. Mais le rapprochement de ces deux faits lui paraissait tout à coup lumineux. Il était saisi de la certitude irrationnelle, viscérale et fulgurante du joueur qui sait que la boule va s'arrêter sur son numéro.

Ils parvinrent jusqu'à l'étroit chemin qui longeait le

vallon. À une trentaine de mètres, ils aperçurent un groupe d'hommes en raquettes et portant des torches. C'était la troupe envoyée par le lieutenant Hurtubise qui rentrait à la gare. Maurice ne ralentit pas le traîneau. Le groupe dut se répartir de part et d'autre de la route pour leur livrer passage.

Le fils von Croft arrêta l'attelage quand ils eurent rejoint l'automobile enfoncée depuis la veille dans le fossé. Qu'est-ce que cela signifiait ? Bapaume adressa au garçon un sourire chavirant. Il s'agissait d'une blague, sans doute ?

– C'est ici que vous descendez.

– Ici ? Mais pourquoi ? Il y a encore plus d'un mille à parcourir. Regarde, il est déjà huit heures cinq. Le lieutenant Hurtubise ne pourra pas faire attendre indéfiniment le chauffeur du train. Et avec toute cette neige, jamais je ne pourrai…

– C'est ici qu'on m'a dit de vous déposer. Au vallon.

– Ah ?

Il ne fit aucun doute dans son esprit que ce « on » désignait Geneviève.

– Je comprends, dit-il, et il descendit.

Le garçon lui rendit la couverture de laine.

– Attends encore un instant. Je… je crains qu'on ne t'ait dit des choses sur moi. Ce n'est pas qu'elles soient fausses. Mais tu sais, on peut être injuste parfois dans la façon dont on présente les faits. Ce serait trop long à t'expliquer. Je te l'écrirai peut-être un jour. Me permettrais-tu de t'écrire, Maurice ?

Le garçon ne se compromit pas. Bapaume eut un sourire bizarre, doucereux et rusé.

– Tu sais à quoi je songe tout à coup ? fit-il avec un clin d'œil. Si jamais Dieu se mêlait de revenir sur terre, que penses-tu qu'il ferait ?

Maurice le considéra avec méfiance. Il gardait les mâchoires serrées.

– Eh bien, dit Bapaume, je crois qu'il commencerait par demander pardon.

Un vent léger faisait virevolter les flocons de neige. Ils partaient dans tous les sens comme des moustiques. Certains venaient s'éteindre sur la peau rouge de Maurice. Le garçon eut un soupir du nez comme s'il disait : « Elle n'est même pas drôle, votre histoire. »

– J'aimerais encore que tu retiennes ceci.

Bapaume chercha ses mots dans la neige à ses pieds, puis très loin en haut, dans le dictionnaire des étoiles.

– Quoi que tu aies fait, ou croies avoir fait, Maurice, tu as le droit de respirer. Ni plus ni moins qu'un autre. Tu n'as pas à te sentir coupable d'être, tu n'as pas à avoir honte. C'est que… Aucun péché ne justifie la punition de voir mourir ceux qu'on aime. Ce n'est pas notre faute si l'on survit, sans mérites, à ceux qui méritaient mieux que nous de continuer à vivre. Tu comprends ? On reçoit la vie sans la demander, et quand on voudrait la donner, on ne peut pas. *Rien ne nous appartient*. Personne ne sait pourquoi. Mais c'est comme ça.

Maurice avait enlevé ses moufles. Il contemplait ses doigts, qu'il tordait doucement, avec une sorte d'affection. Ses yeux timides rencontrèrent ceux de Bapaume et, pour la première fois de la journée, Louis crut y apercevoir une lueur fraternelle.

– Julia est ta maman, n'est-ce pas ? Elle t'a eu jeune fille, bien avant son mariage, hein ? C'est ça qu'elle voulait me dire tantôt ?

On entendait dans le lointain la sirène de départ d'une locomotive. « Qu'importe », pensa Bapaume. Il songeait que Julia avait voulu lui révéler ce secret par compassion, pour dire qu'elle savait, elle aussi, ce que c'était que d'avoir un enfant, de chérir un être au-delà de soi-même, et il lui semblait que pour cela, rien que pour cela, elle méritait une place encore plus grande dans son cœur. Maurice ouvrait de grands yeux effarés. Louis avança la main et la posa sur sa cuisse, comme pour dire : « Ne t'en fais pas, je comprends ces choses-là. »

Mais le garçon repoussa sa main de manière brutale. Il lui adressa alors un geste d'une si incroyable obscénité que Bapaume en resta pantois, ébranlé comme sous la violence d'un coup, incapable de la moindre parole. Le traîneau s'éloigna. Maurice von Croft cria par-dessus son épaule :

– Vous avez donc rien compris au tour qu'on vous a joué ? Tout le monde était dans le coup ! Même mon vieux ! Mais celle avec le grain de beauté au-dessus de la bouche, c'est pas Julia, c'est Geneviève !

Et, les lèvres retroussées comme un âne, il éclaboussa la campagne d'un bêlement vulgaire qui était sans conteste le rire d'un parfait crétin.

LE PRISME

Avec un soupir de soulagement, Hurtubise vit apparaître dans le lointain la silhouette trapue de Louis Bapaume. Le train était déjà parti depuis quinze minutes. L'officier décida de marcher à la rencontre du voyageur. Il lui demanda comment il se faisait que le fils von Croft ne l'ait pas, comme convenu, ramené jusqu'à la gare. Louis expliqua que c'est lui-même qui avait insisté pour faire le reste du trajet à pied. Il s'excusait d'avoir fait attendre le lieutenant.

– Voilà du café chaud, fit Hurtubise dès qu'ils se furent installés devant le feu de cheminée. À son retour je vais demander à Chouinard de préparer la chambre pour vous. Il n'y a pas de train qui repasse ici avant demain midi.

Bapaume répondit qu'il n'en était pas question, qu'il désirait repartir le soir même. Il s'enquit de la distance qui les séparait du village le plus proche, direction sud.

– Mais c'est à plus de trois heures de marche, monsieur Bapaume !

– Il doit bien s'y trouver un endroit où dormir ? Sinon un train, peut-être ? Je vous ai déjà causé suffisamment d'embêtements…

Il y eut des pourparlers. Puisque Bapaume tenait à ce point à rejoindre le prochain village, l'officier finit par lui suggérer d'utiliser à partir de là le train de marchandises qui partirait pour Montréal aux alentours de deux heures du matin. Ce ne serait pas très confortable. Mais il trouverait sûrement de la paille pour se faire un lit. Le lieutenant connaissait bien le chef de gare, il y aurait toujours moyen de s'arranger. Il lui écrirait un mot.

– Mais je persiste à penser que c'est déraisonnable. J'imagine que votre journée a déjà été assez éprouvante comme ça. Vous devriez accepter mon invitation. Je vous assure que cela ne me dérange pas.

Bapaume refusa de se laisser fléchir.

– C'est comme vous voudrez, dit Hurtubise, un peu ébranlé par cette fermeté dont il n'aurait pas cru le voyageur capable.

Il se rendit à son comptoir rédiger quelques mots à l'intention du chef de gare de Saint-G…

– Tenez, je vous ai laissé mon adresse aussi. Enfin, celle de ma mère, peu importe, c'est pareil. Et vous ? Pourriez-vous m'écrire la vôtre sur cette feuille ? Je n'ai pas renoncé à mon projet de rencontre entre nos deux Françoise… Pour l'instant, vous m'excuserez, voilà ma troupe qui revient. Je suis de retour dans quelques minutes.

Hurtubise sortit prendre les nouvelles auprès de ses hommes. Ceux-ci avaient participé au sauvetage raté de la fillette. Un membre de l'équipe l'avait portée sur son épaule pour la sortir de la crevasse. Ils étaient rentrés sans assister au service religieux. Hurtubise n'apprit là rien de neuf. On l'avait déjà informé de tout cela par téléphone. Les hommes s'étaient écrasés en rang d'oignons sur le perron, maussades, le moral à zéro. L'un d'eux se prenait les cheveux et sanglotait. Le lieutenant s'assit et alluma la cigarette de la solidarité, qu'ils fumèrent ensemble, en silence.

Le lieutenant revint dans la baraque alors que Bapaume achevait de rédiger une lettre. Il écrivait sans se presser, sans que la plume quitte le papier, comme si les mots lui venaient sous une dictée continue. Que cette maîtrise de soi, cette assurance contrastait étrangement avec ses hésitations de la veille ! L'officier avait beau se piquer de s'y connaître en hommes, il lui fallait bien admettre que Dieu, après avoir fabriqué celui-ci, avait dû casser le moule. Avec ses traits burinés, son visage massif, ses mains et ses épaules épaisses, son allure ramassée de sanglier, il ressemblait à un maçon qu'on voit arriver en portant sur son dos un chargement de briques. Pourtant, dans le moindre de ses gestes, serait-ce celui de passer sa main sur son front haut comme un mur, dans sa manière aussi de dresser l'oreille, de vous observer de biais quand vous êtes détourné, dans sa façon enfin de porter son attention sur les objets les plus anodins comme s'il les sondait jusqu'à la profondeur de leurs secrets, il y avait dans tout cela, et sous des apparences de faiblesse, une subtilité intrigante, un peu mystérieuse, empreinte d'intelligence et de simplicité, de douceur et de force, qui sont synonymes. Et ce discret, ce réservé, ce timide, avait parfois, au moment où on s'y attendait le moins, de ces regards vifs, foudroyants, qui vous mettent l'âme et le cœur à nu, les déshabillent des mensonges et des impostures, comme ces gens que le lieutenant avait vus à la guerre, les vêtements arrachés d'un coup par le souffle d'une bombe.

Hurtubise s'assit à ses côtés, ému. Il lui eût volontiers posé le bras sur les épaules.

– Et finalement, les von Croft ? Ils allaient bien ?

– De vrais boute-en-train, fit Bapaume sans lever le nez de sa feuille.

Il acheva d'écrire la lettre et l'inséra dans une enveloppe. Il la tendit à l'officier.

– C’est pour vous.
– Pour moi ?
– Je vous demanderai de ne l’ouvrir qu’après mon départ.
Un détail qu’Hurtubise n’avait pas remarqué jusqu’alors, tout à coup, comme Louis se levait, lui figea le sang. Le musicien portait en guise de ceinture un vieux bout de corde à linge. L’officier vit que l’autre remarquait son trouble, et il détourna le visage en rougissant.
– Tiens, te voilà, toi ! lança-t-il avec humeur à Chouinard qui rentrait. Où as-tu encore été passer ta journée ? J’ai eu besoin de toi à vingt reprises.
Chouinard entreprit des explications embrouillées.
– Laisse, on verra ça plus tard !
Louis Bapaume semblait pressé de partir. Hurtubise le raccompagna jusqu’à la porte. Il retint longuement la main du voyageur dans la sienne.
– Votre main est pleine de musique, dit-il. Ça se sent, je vous assure.
Et la question : « Entre nous, dites-moi, qu’êtes-vous vraiment allé faire là-bas ? » lui brûlait les lèvres. Mais finalement :
– Ce fut pour moi un honneur et un plaisir, monsieur Bapaume. J’espère de tout cœur vous revoir un jour.
Bapaume parut au bord de dire quelque chose. Le cœur suspendu, l’officier essayait d’exprimer avec ses yeux : « Vous pouvez me faire confiance. »
– Une chose que j’ai omise dans ma lettre. Il y a une dame au village… elle joue de l’orgue à l’église…
– Oui ? fit Hurtubise qui attendait la suite.
Mais le musicien eut un geste qui voulait dire à quoi bon et, soulevant son chapeau plat à large bord, il bredouilla un adieu, et ce fut tout.
Hurtubise se rendit à la fenêtre. Le voyageur s’enga-

gea d'un pas résigné et calme sur la voie ferrée. « Quel type bizarre !... » se répétait l'officier. Une voix sûre en lui, une voix qui ne lui avait jamais menti, lui disait que cet individu-là, de toute évidence, allait devenir un ami. Il ouvrit l'enveloppe. Elle contenait quelques dollars.

Comté de Saint-Aldor,
23 décembre 1946

Lieutenant Hurtubise,
Très cher ami,

Vous trouverez ci-joint l'argent que je crois devoir aux gens de l'auberge, à qui j'ai oublié de le remettre. En vous confiant cet argent, je suis certain qu'il parviendra à ceux à qui il est destiné. Vous êtes un honnête homme. Et je ne crois pas qu'on puisse faire de plus grand compliment à quelqu'un. C'est le dernier des pécheurs qui vous le dit.

Pour ce qui est d'une éventuelle rencontre entre nos deux Françoise, comme vous dites, sachez que cela, hélas ! demeurera à jamais impossible. Nous avons perdu notre fils unique en avril dernier, et de cela, ma femme ne s'est jamais relevée. C'était une personne de grande qualité, tant du point de vue du cœur que du point de vue de l'esprit, mais elle n'a pu supporter qu'un pan aussi essentiel de notre vie s'effondre, cette avalanche l'a engloutie.

Durant des mois j'ai assisté à cette chose terrible : la glaciation d'une existence. Françoise avait froid, toujours froid. Dans la rue, au grand soleil, en plein juillet. La vue des arbres, des pelouses, des fleurs la faisait frissonner. La vue du ciel aussi, à cause du vide. Aussi finit-elle par s'enfermer dans sa chambre. Elle y tournait en rond toute la journée, grelottante. Le croirez-

vous, lieutenant ? de la buée sortait de sa bouche. Au mois d'août, en pleine canicule. J'essayais de la raisonner, comme on dit. Je sais dangereusement parler aux femmes, je l'avoue comme une faute. Mais avec Françoise désormais, c'était peine perdue. De plus en plus souvent, de plus en plus longtemps, elle refusait de me voir. Elle m'écrivait des lettres. Me sommant de continuer à travailler, de composer la musique qui la tiendrait au chaud. Elle n'était plus qu'une morte-vivante, disait-elle, et, touchant sa poitrine, elle prétendait n'y plus sentir battre son cœur. Il fallait retrouver son âme, la rattraper comme un animal et la ramener en elle, la replacer dans la maison de son corps. Et c'était ma musique qui devait tendre ses filets pour capturer cet oiseau malade, l'oratorio que je composais qui devait accomplir ce miracle. Je n'ai pas pu.

Et ses cheveux qui étaient d'ébène se sont mis à blanchir. Et j'ai vu se former les bancs de glace autour d'elle. La poignée de sa porte que je prenais dans ma main chaque matin était glacée. Vint un jour où je ne pus même plus entrer. La femme que j'aimais était là, de l'autre côté de cette porte, en train de périr dans un enfer de givre, et je ne pouvais rien. Il n'y a pas de sauvetage possible quand les montagnes et les rochers et l'hiver tout entier sont à l'intérieur du cœur.

Et puis vers la fin, je ne sais pas, elle a connu comme un apaisement. Elle avait recommencé à sortir de sa chambre. Elle partait parfois et je ne la voyais plus durant trois jours. On la découvrait un matin étendue sur un banc de parc ; ou se promenant au milieu des clochards, à qui elle souriait tout le temps, tout doucement, à qui elle avait donné ses manteaux. Au point où elle en était, disait-elle, ce n'était pas une mince couche de laine qui réchaufferait son sang glacé...

Françoise n'a jamais attenté à ses jours, ni jamais eu d'idée qui allât dans ce sens, soyez-en assuré. Mais le froid a décidé pour elle. Elle fut plus courageuse que moi sans doute dans la tourmente, à sa façon, mais comme elle était aussi plus pure, elle n'a pas eu la dose d'égoïsme nécessaire pour préférer sa propre vie à la mémoire qu'elle estimait devoir à son enfant. Je tenais à ce que vous le sachiez. Je vous l'ai écrit parce que je ne trouve pas toujours le courage de dire les choses à voix haute. Si je puis jouer de l'orgue à la basilique, c'est que je suis CACHÉ, *et que je ne sens aucun regard posé sur moi, que celui de l'Éternel.*

Ma femme n'avait déjà pas beaucoup de famille en Europe, mais maintenant, à cause de l'Histoire, je crains qu'il ne reste plus personne. Vous êtes le premier à qui je fais part de ce deuil. Si jamais il se trouvait des sous en surcroît, faites de ma part brûler un lampion pour la fille du bedeau.

Adieu et merci pour tout, y compris de vous être battu à la guerre.

A. M. D. G.
Louis-Joseph Bapaume

Hurtubise continua à observer le voyageur qui s'éloignait. Saisi d'une pensée soudaine, Bapaume s'immobilisa et sortit quelque chose de sa poche. La distance était trop grande pour qu'Hurtubise vît ce que c'était. Le voyageur éleva cet objet au bout de son bras, pour le contempler à travers les rayons de la lune, comme on regarde le négatif d'une photographie. Puis l'objet lui tomba des mains, et le musicien fit alors une chose si insolite que, jusqu'à la fin de sa vie, l'officier allait se demander s'il avait bien vu.

– Mon lieutenant ! mon lieutenant ! se mit à piailler Chouinard comme s'il y avait le feu.

Hurtubise revint en courant jusqu'au comptoir.

– Quoi ? Quoi ? Qu'est-ce qui se passe ?

– L'ourson ! disait Chouinard dans tous ses états. Où est-il ? Je l'avais laissé ici ce matin, sur le comptoir, j'en suis sûr !

– Mais qu'est-ce que j'en ai à fiche, de ton ourson !

Hurtubise retourna à la fenêtre. Il sortit même sur le perron sans prendre la peine de revêtir un manteau. Rien à faire. Louis Bapaume avait disparu.

Et puis soudain, qu'est-ce que c'était ? On aurait dit une très vague musique, qui venait de quelque part dans les montagnes. Il prêta mieux l'oreille... Mais non. L'effet du vent sans doute.

Chouinard se tenait au milieu de la pièce, les poings sur les hanches. On voyait les points d'interrogation fuser de son crâne.

– Que veux-tu qu'il lui soit arrivé, à ton nounours, imbécile ! As-tu peur que je te l'aie volé, ou quoi ? T'imagines-tu que M. Bapaume est parti avec ? Tu as dû l'égarer, en sombre idiot que tu es, et puis c'est tout !

L'officier monta à sa chambre pour tromper sa colère et sa frustration.

Le voyageur y avait méticuleusement replié les couvertures, lissé les draps et l'oreiller. Hurtubise découvrit sur le secrétaire l'album de photos *The Nazi Tyranny,* encore ouvert. Bapaume avait dû le regarder. Images des camps de la mort. L'officier en tourna quelques pages pensivement. Des bouts de bois et des pierres entassés dans des charrettes, amas confus de boue et d'ordures où soudain, sidérants, on reconnaissait une forme, un regard éperdu et vide, des dents et des os, qui rappelaient que tout ça, cette poussière et cette gadoue, avait d'abord été des femmes, des enfants… Hurtubise gagna le lavabo pour asperger d'eau sa figure. La souris gisait morte au-dessous de l'évier. Il la cueillit dans son mouchoir avec une grimace de dégoût. Il tourna un peu en rond. Il finit par l'insérer dans un sac en papier que le voyageur avait laissé.

La trappe, par contre, ne se trouvait nulle part. Il chercha à quatre pattes sous le lit et les meubles. Ce n'est pas qu'il accordât de l'importance à la chose, mais elle heurtait la raison, et il en éprouvait du malaise. Près de la patte du secrétaire, coincée entre deux lames du plancher, se trouvait une feuille pliée en trois.

Il lut la lettre en diagonale, sans indiscrétion, simplement pour en vérifier la teneur. – *mon amour, mon mari, mon grand fleuve infini… – au nom de notre enfant… – et je crois que tu t'engages dans une voie qui n'a d'autre sens que celui de ta destruction… – si tu persistes ainsi à vouloir, de toi-même, de ta propre initiative, te précipiter dans le vide… – Revenir aussi à ton œuvre, Louis, à ton œuvre !… – Ton épouse devant Dieu, Françoise…*

Hurtubise glissa la feuille dans sa poche. Bapaume n'avait pas laissé son adresse en fin de compte. Comment allait-il faire pour lui rendre cette lettre ? Le cher homme devait y attacher le plus grand prix pour la transporter ainsi avec lui. Peut-être s'agissait-il de la toute dernière lettre de sa femme… Puis l'officier se dit qu'il n'aurait qu'à la faire parvenir à la basilique Notre-Dame. « Aux soins de l'organiste substitut. »

Par la lucarne il apercevait le chemin de fer. L'idée le traversa que l'objet qui était tombé des mains de Bapaume était peut-être resté là… Le lieutenant descendit, attrapa son manteau.

Il suivit la voie ferrée. Il n'eut aucune peine à retrouver le lieu exact. Il balaya du regard le paysage : personne, la campagne immobile, un froid à faire crier les clous. Il aperçut d'abord à ses pieds, caillou jaunâtre sur la poutre de traverse, une dent. Hurtubise tomba en arrêt. La racine avait plus d'un demi-pouce de long. Qu'est-ce qu'une dent pouvait bien faire là ? Puis, sur le ballast enneigé, une petite pyramide de verre, qu'il ramassa. Accroupi, le lieutenant l'examina : c'était une manière de prisme. Amateur de géométrie depuis l'enfance, il en admira la structure complexe, constituée d'une multitude de faces internes s'entrecoupant. Le lieutenant l'éleva en direction de la lune, y fit jouer la lumière. Ce fut un enchantement de plus. Des lettres gravées se révélaient selon l'angle d'où on observait l'objet. Ainsi le mot *réel,* le mot *catastrophe,* le mot *rien.* À l'aide d'approximations successives, il finit par trouver l'angle parfait de réfraction. *Aucune catastrophe ne peut m'atteindre* puis, en faisant légèrement pivoter le prisme : *puisque rien n'est réel.* Il réussit encore à lire une date : *Paris, 8 avril 1926.* Et ces initiales : *L. B.* Hurtubise se redressa. Le genre d'idées que l'on ne peut avoir qu'à vingt ans, songea-t-il, et que la vie se charge de nous faire ravaler tôt ou tard.

L'officier tenta de reconstituer mentalement la scène. Il parcourut des yeux le tracé des pas de la gare jusque-là, lentement, comme s'il suivait un homme en marche. Il refit une fois encore les gestes du voyageur, prit le prisme, l'éleva vers la lune, etc., le laissa tomber dans la neige… Et c'est là que le lieutenant n'était plus sûr de rien. Était-ce pour chercher le prisme dans la neige que le voyageur s'était accroupi ? (Mais alors, pourquoi l'avait-il, en fin de compte, laissé là ?) Ou alors, Hurtubise n'avait pas eu la berlue, et le voyageur était bel et bien tombé en extase au milieu de la voie ferrée – à deux genoux, les bras en croix, le visage levé au ciel…

Hurtubise récupéra la pyramide de verre. Il s'empara aussi de la molaire, qu'il mit dans sa poche à côté du prisme, comme s'il n'osait les séparer, rien n'arrive à exister seul. Il ferait parvenir tout cela à la basilique.

Il revint vers la gare en contemplant le profil des montagnes. Les aspérités s'irisaient aux derniers rayons de lune. Il pensait que cela faisait un bien grand mausolée pour une petite fille. Il préféra avancer en regardant par terre. Décidément le vent soufflait de façon bizarre, on avait la sensation d'entendre par moments des bribes de musique.

Le lieutenant s'arrêta au milieu du quai. Il ouvrit la lettre que le voyageur lui avait adressée et vérifia la date du décès de l'enfant. Il était bien écrit *en avril dernier*... Vingt ans presque jour pour jour après avoir fait inscrire dans un morceau de verre *Aucune catastrophe ne peut m'atteindre puisque rien n'est réel*. Hurtubise eut un soupir.

Il allait remettre l'enveloppe dans sa poche et il songeait déjà à la façon dont il raconterait tout cela à sa mère, quand il fut pénétré d'un soupçon. Il regarda derrière lui comme un homme qui a l'impression diffuse d'être suivi. Mais ce n'était pas cela. Il se sentait pris d'une de ces brusques migraines auxquelles il était sujet déjà tout petit quand il pensait à des choses comme l'extrémité de l'univers, ou la solitude de Dieu avant la Création. Il sortit la lettre signée Françoise et, se plaçant sous un lampadaire, la rapprocha de celle de Bapaume.

Il n'y avait pas de doute possible : elles étaient de la même main.

Longueuil,
4 novembre 1996-10 février 1997

TABLE

RÉALISATION : PAO ÉDITIONS DU SEUIL
IMPRESSION : NORMANDIE ROTO IMPRESSION À LONRAI
DÉPÔT LÉGAL : JANVIER 2001. N° 38669 (003090)

Collection Points

P380. Le Polygone étoilé, *par Kateb Yacine*
P381. La Chasse au lézard, *par William Boyd*
P382. Texas (tome 1), *par James A.Michener*
P383. Texas (tome 2), *par James A.Michener*
P384. Vivons heureux en attendant la mort *par Pierre Desproges*
P385. Le Fils de l'ogre, *par Henri Gougaud*
P386. La neige tombait sur les cèdres, *par David Guterson*
P387. Les Seigneurs du thé, *par Hella S.Haasse*
P388. La Fille aux yeux de Botticelli, *par Herbert Lieberman*
P389. Tous les hommes morts, *par Lawrence Block*
P390. La Blonde en béton, *par Michael Connelly*
P391. Palomar, *par Italo Calvino*
P392. Sous le soleil jaguar, *par Italo Calvino*
P393. Félidés, *par Akif Pirinçci*
P394. Trois Heures du matin à New York *par Herbert Lieberman*
P395. La Maison près du marais, *par Herbert Lieberman*
P396. Le Médecin de Cordoue, *par Herbert Le Porrier*
P397. La Porte de Brandebourg, *par Anita Brookner*
P398. Hôtel du Lac, *par Anita Brookner*
P399. Replay, *par Ken Grimwood*
P400. Chesapeake, *par James A. Michener*
P401. Manuel de savoir-vivre à l'usage des rustres et des malpolis, *par Pierre Desproges*
P402. Le Rêve de Lucy *par Pierre Pelot et Yves Coppens (dessins de Liberatore)*
P403. Dictionnaire superflu à l'usage de l'élite et des bien nantis *par Pierre Desproges*
P404. La Mamelouka, *par Robert Solé*
P405. Province, *par Jacques-Pierre Amette*
P406. L'Arbre de vies, *par Bernard Chambaz*
P407. La Vie privée du désert, *par Michel Chaillou*
P408. Trop sensibles, *par Marie Desplechin*
P409. Kennedy et moi, *par Jean-Paul Dubois*
P410. Le Cinquième Livre, *par François Rabelais*
P411. La Petite Amie imaginaire, *par John Irving*
P412. La Vie des insectes, *par Viktor Pelevine*
P413. La Décennie Mitterrand, 3. Les Défis *par Pierre Favier et Michel Martin-Roland*
P414. La Grimace, *par Heinrich Böll*
P415. La Famille de Pascal Duarte, *par Camilo José Cela*
P416. Cosmicomics, *par Italo Calvino*

P417. Le Chat et la Souris, *par Günter Grass*
P418. Le Turbot, *par Günter Grass*
P419. Les Années de chien, *par Günter Grass*
P420. L'Atelier du peintre, *par Patrick Grainville*
P421. L'Orgie, la Neige, *par Patrick Grainville*
P422. Topkapi, *par Eric Ambler*
P423. Le Nouveau Désordre amoureux
par Pascal Bruckner et Alain Finkielkraut
P424. Un homme remarquable, *par Robertson Davies*
P425. Le Maître de chasse, *par Mohammed Dib*
P426. El Guanaco, *par Francisco Coloane*
P427. La Grande Bonace des Antilles, *par Italo Calvino*
P428. L'Écrivain public, *par Tahar Ben Jelloun*
P429. Indépendance, *par Richard Ford*
P430. Les Trafiquants d'armes, *par Eric Ambler*
P431. La Sentinelle du rêve, *par René de Ceccatty*
P432. Tuons et créons, c'est l'heure, *par Lawrence Block*
P433. Textes de scène, *par Pierre Desproges*
P434. François Mitterrand, *par Franz-Olivier Giesbert*
P435. L'Héritage Schirmer, *par Eric Ambler*
P436. Ewald Tragy et autres récits de jeunesse
par Rainer Maria Rilke
P437. Histoires pragoises, *par Rainer Maria Rilke*
P438. L'Admiroir, *par Anny Duperey*
P439. Une trop bruyante solitude, *par Bohumil Hrabal*
P440. Temps zéro, *par Italo Calvino*
P441. Le Masque de Dimitrios, *par Eric Ambler*
P442. La Croisière de l'angoisse, *par Eric Ambler*
P443. Milena, *par Margarete Buber-Neumann*
P444. La Compagnie des loups et autres nouvelles
par Angela Carter
P445. Tu vois, je n'ai pas oublié
par Hervé Hamon et Patrick Rotman
P446. Week-end de chasse à la mère
par Geneviève Brisac
P447. Un cercle de famille, *par Michèle Gazier*
P448. Étonne-moi, *par Guillaume Le Touze*
P449. Le Dimanche des réparations, *par Sophie Chérer*
P450. La Suisse, l'Or et les Morts, *par Jean Ziegler*
P451. L'Humanité perdue, *par Alain Finkielkraut*
P452. Abraham de Brooklyn, *par Didier Decoin*
P454. Les Immémoriaux, *par Victor Segalen*
P455. Moi d'abord, *par Katherine Pancol*
P456. Traité du zen et de l'entretien des motocyclettes
par Robert H.Pirsig
P457. Un air de famille, *par Michael Ondaatje*

P458. Les Moyens d'en sortir, *par Michel Rocard*
P459. Le Mystère de la crypte ensorcelée
par Eduardo Mendoza
P460. Le Labyrinthe aux olives, *par Eduardo Mendoza*
P461. La Vérité sur l'affaire Savolta, *par Eduardo Mendoza*
P462. Les Pieds-bleus, *par Claude Ponti*
P463. Un paysage de cendres, *par Élisabeth Gille*
P464. Un été africain, *par Mohammed Dib*
P465. Un rocher sur l'Hudson, *par Henry Roth*
P466. La Misère du monde, *sous la direction de Pierre Bourdieu*
P467. Les Bourreaux volontaires de Hitler
par Daniel Jonah Goldhagen
P468. Casting pour l'enfer, *par Robert Crais*
P469. La Saint-Valentin de l'homme des cavernes
par George Dawes Green
P470. Loyola's blues, *par Erik Orsenna*
P471. Une comédie française, *par Erik Orsenna*
P472. Les Adieux, *par Dan Franck*
P473. La Séparation, *par Dan Franck*
P474. Ti Jean L'horizon, *par Simone Schwarz-Bart*
P475. Aventures, *par Italo Calvino*
P476. Le Château des destins croisés, *par Italo Calvino*
P477. Capitalisme contre capitalisme, *par Michel Albert*
P478. La Cause des élèves, *par Marguerite Gentzbittel*
P479. Des femmes qui tombent, *par Pierre Desproges*
P480. Le Destin de Nathalie X, *par William Boyd*
P481. Le Dernier Mousse, *par Francisco Coloane*
P482. Jack Frusciante a largué le groupe, *par Enrico Brizzi*
P483. La Dernière Manche, *par Emmett Grogan*
P484. Les Lauriers du lac de Constance, *par Marie Chaix*
P485. Les Fous de Bassan, *par Anne Hébert*
P486. Collection de sable, *par Italo Calvino*
P487. Les étrangers sont nuls, *par Pierre Desproges*
P488. Trainspotting, *par Irvine Welsh*
P489. Suttree, *par Cormac McCarthy*
P490. De si jolis chevaux, *par Cormac McCarthy*
P491. Traité des passions de l'âme
par António Lobo Antunes
P492. N'envoyez plus de roses, *par Eric Ambler*
P493. Le corps a ses raisons, *par Thérèse Bertherat*
P494. Le Neveu d'Amérique, *par Luis Sepúlveda*
P495. Mai 68, histoire des événements
par Laurent Joffrin
P496. Que reste-t-il de Mai 68 ?,
essai sur les interprétations des « événements »
par Henri Weber

P497. Génération
1.Les années de rêve
par Hervé Hamon et Patrick Rotman
P498. Génération
2.Les années de poudre
par Hervé Hamon et Patrick Rotman
P499. Eugène Oniéguine, *par Alexandre Pouchkine*
P500. Montaigne à cheval, *par Jean Lacouture*
P501. Le Mendiant de Jérusalem, *par Elie Wiesel*
P502. … Et la mer n'est pas remplie, *par Elie Wiesel*
P503. Le Sourire du chat, *par François Maspero*
P504. Merlin, *par Michel Rio*
P505. Le Semeur d'étincelles, *par Joseph Bialot*
P506. Hôtel Pastis, *par Peter Mayle*
P507. Les Éblouissements, *par Pierre Mertens*
P508. Aurélien, Clara, mademoiselle et le lieutenant anglais
par Anne Hébert
P509. Dans la plus stricte intimité, *par Myriam Anissimov*
P510. Éthique à l'usage de mon fils, *par Fernando Savater*
P511. Aventures dans le commerce des peaux en Alaska
par John Hawkes
P512. L'Incendie de Los Angeles, *par Nathanaël West*
P513. Montana Avenue, *par April Smith*
P514. Mort à la Fenice, *par Donna Leon*
P515. Jeunes Années, t. 1, *par Julien Green*
P516. Jeunes Années, t. 2, *par Julien Green*
P517. Deux Femmes, *par Frédéric Vitoux*
P518. La Peau du tambour, *par Arturo Perez-Reverte*
P519. L'Agonie de Proserpine, *par Javier Tomeo*
P520. Un jour je reviendrai, *par Juan Marsé*
P521. L'Étrangleur, *par Manuel Vázquez Montalbán*
P522. Gais-z-et-contents, *par Françoise Giroud*
P523. Teresa l'après-midi, *par Juan Marsé*
P524. L'Expédition, *par Henri Gougaud*
P525. Le Grand Partir, *par Henri Gougaud*
P526. Le Tueur des abattoirs et autres nouvelles
par Manuel Vázquez Montalbán
P527. Le Pianiste, *par Manuel Vázquez Montalbán*
P528. Mes démons, *par Edgar Morin*
P529. Sarah et le Lieutenant français, *par John Fowles*
P530. Le Détroit de Formose, *par Anthony Hyde*
P531. Frontière des ténèbres, *par Eric Ambler*
P532. La Mort des bois, *par Brigitte Aubert*
P533. Le Blues du libraire, *par Lawrence Block*
P534. Le Poète, *par Michael Connelly*
P535. La Huitième Case, *par Herbert Lieberman*

P536. Bloody Waters, *par Carolina Garcia-Aguilera*
P537. Monsieur Tanaka aime les nymphéas
par David Ramus
P538. Place de Sienne, côté ombre
par Carlo Fruttero et Franco Lucentini
P539. Énergie du désespoir, *par Eric Ambler*
P540. Épitaphe pour un espion, *par Eric Ambler*
P541. La Nuit de l'erreur, *par Tahar Ben Jelloun*
P542. Compagnons de voyage, *par Hubert Reeves*
P543. Les amandiers sont morts de leurs blessures
par Tahar Ben Jelloun
P544. La Remontée des cendres, *par Tahar Ben Jelloun*
P545. La Terre et le Sang, *par Mouloud Feraoun*
P546. L'Aurore des bien-aimés, *par Louis Gardel*
P547. L'Éducation féline, *par Bertrand Visage*
P548. Les Insulaires, *par Christian Giudicelli*
P549. Dans un miroir obscur, *par Jostein Gaarder*
P550. Le Jeu du roman, *par Louise L.Lambrichs*
P551. Vice-versa, *par Will Self*
P552. Je voudrais vous dire, *par Nicole Notat*
P553. François, *par Christina Forsne*
P554. Mercure rouge, *par Reggie Nadelson*
P555. Même les scélérats…, *par Lawrence Block*
P556. Monnè, Outrages et Défis, *par Ahmadou Kourouma*
P557. Les Grosses Rêveuses, *par Paul Fournel*
P558. Les Athlètes dans leur tête, *par Paul Fournel*
P559. Allez les filles !, *par Christian Baudelot et Roger Establet*
P560. Quand vient le souvenir, *par Saul Friedländer*
P561. La Compagnie des spectres, *par Lydie Salvayre*
P562. La Poussière du monde, *par Jacques Lacarrière*
P563. Le Tailleur de Panama, *par John Le Carré*
P564. Che, *par Pierre Kalfon*
P565. Du fer dans les épinards, et autres idées reçues
par Jean-François Bouvet
P566. Étonner les Dieux, *par Ben Okri*
P567. L'Obscurité du dehors, *par Cormac McCarthy*
P568. Push, *par Sapphire*
P569. La Vie et demie, *par Sony Labou Tansi*
P570. La Route de San Giovanni, *par Italo Calvino*
P571. Requiem caraïbe, *par Brigitte Aubert*
P572. Mort en terre étrangère, *par Donna Leon*
P573. Complot à Genève, *par Eric Ambler*
P574. L'Année de la mort de Ricardo Reis, *par José Saramago*
P575. Le Cercle des représailles, *par Kateb Yacine*
P576. La Farce des damnés, *par António Lobo Antunes*
P577. Le Testament, *par Rainer Maria Rilke*

P578. Archipel, *par Michel Rio*
P579. Faux Pas, *par Michel Rio*
P580. La Guitare, *par Michel del Castillo*
P581. Phénomène futur, *par Olivier Rolin*
P582. Tête de cheval, *par Marc Trillard*
P583. Je pense à autre chose, *par Jean-Paul Dubois*
P584. Le Livre des amours, *par Henri Gougaud*
P585. L'Histoire des rêves danois, *par Peter Høeg*
P586. La Musique du diable, *par Walter Mosley*
P587. Amour, Poésie, Sagesse, *par Edgar Morin*
P588. L'Enfant de l'absente, *par Thierry Jonquet*
P589. Madrapour, *par Robert Merle*
P590. La Gloire de Dina, *par Michel del Castillo*
P591. Une femme en soi, *par Michel del Castillo*
P592. Mémoires d'un nomade, *par Paul Bowles*
P593. L'Affreux Pastis de la rue des Merles
par Carlo Emilio Gadda
P594. En sortant de l'école, *par Michèle Gazier*
P595. Lorsque l'enfant paraît, t.1, *par Françoise Dolto*
P596. Lorsque l'enfant paraît, t.2, *par Françoise Dolto*
P597. Lorsque l'enfant paraît, t.3, *par Françoise Dolto*
P598. La Déclaration, *par Lydie Salvayre*
P599. La Havane pour un infant défunt
par Guillermo Cabrera Infante
P600. Enfances, *par Françoise Dolto*
P601. Le Golfe des peines, *par Francisco Coloane*
P602. Le Perchoir du perroquet, *par Michel Rio*
P603. Mélancolie Nord, *par Michel Rio*
P604. Paradiso, *par José Lezama Lima*
P605. Le Jeu des décapitations, *par José Lezama Lima*
P606. Bloody Shame, *par Carolina Garcia-Aguilera*
P607. Besoin de mer, *par Hervé Hamon*
P608. Une vie de chien, *par Peter Mayle*
P609. La Tête perdue de Damasceno Monteiro
par Antonio Tabbuchi
P610. Le Dernier des Savage, *par Jay McInerney*
P611. Un enfant de Dieu, *par Cormac McCarthy*
P612. Explication des oiseaux, *par António Lobo Antunes*
P613. Le Siècle des intellectuels, *par Michel Winock*
P614. Le Colleur d'affiches, *par Michel del Castillo*
P615. L'Enfant chargé de songes, *par Anne Hébert*
P616. Une saison chez Lacan, *par Pierre Rey*
P617. Les Quatre Fils du Dr March, *par Brigitte Aubert*
P618. Un Vénitien anonyme, *par Donna Leon*
P619. Histoire du siège de Lisbonne, *par José Saramago*
P620. Le Tyran éternel, *par Patrick Grainville*

P621. Merle, *par Anne-Marie Garat*
P622. Rendez-vous d'amour dans un pays en guerre *par Luis Sepúlveda*
P623. Marie d'Égypte, *par Jacques Lacarrière*
P624. Les Mystères du Sacré-Cœur, *par Catherine Guigon*
P625. Armadillo, *par William Boyd*
P626. Pavots brûlants, *par Reggie Nadelson*
P627. Dogfish, *par Susan Geason*
P628. Tous les soleils, *par Bertrand Visage*
P629. Petit Louis, dit XIV. L'enfance du Roi-Soleil *par Claude Duneton*
P630. Poisson-chat, *par Jerome Charyn*
P631. Les Seigneurs du crime, *par Jean Ziegler*
P632. Louise, *par Didier Decoin*
P633. Rouge c'est la vie, *par Thierry Jonquet*
P634. Le Mystère de la patience, *par Jostein Gaarder*
P635. Un rire inexplicable, *par Alice Thomas Ellis*
P636. La Clinique, *par Jonathan Kellerman*
P637. Speed Queen, *par Stewart O'Nan*
P638. Égypte, passion française, *par Robert Solé*
P639. Un regrettable accident, *par Jean-Paul Nozière*
P640. Nursery Rhyme, *par Joseph Bialot*
P641. Pologne, *par James A.Michener*
P642. Patty Diphusa, *par Pedro Almodóvar*
P643. Une place pour le père, *par Aldo Naouri*
P644. La Chambre de Barbe-bleue, *par Thierry Gandillot*
P645. L'Épervier de Belsunce, *par Robert Deleuse*
P646. Le Cadavre dans la Rolls, *par Michael Connelly*
P647. Transfixions, *par Brigitte Aubert*
P648. La Spinoza connection, *par Lawrence Block*
P649. Le Cauchemar, *par Alexandra Marinina*
P650. Les Crimes de la rue Jacob, *ouvrage collectif*
P651. Bloody Secrets, *par Carolina Garcia-Aguilera*
P652. La Femme du dimanche *par Carlo Fruttero et Franco Lucentini*
P653. Le Jour de l'enfant tueur, *par Pierre Pelot*
P654. Le Chamane du Bout-du-monde, *par Jean Courtin*
P655. Naissance à l'aube, *par Driss Chraïbi*
P656. Une enquête au pays, *par Driss Chraïbi*
P657. L'Île enchantée, *par Eduardo Mendoza*
P658. Une comédie légère, *par Eduardo Mendoza*
P659. Le Jardin de ciment, *par Ian McEwan*
P660. Nu couché, *par Dan Franck*
P661. Premier Regard, *par Oliver Sacks*
P662. Une autre histoire de la littérature française, tome 1, *par Jean d'Ormesson*

P663. Une autre histoire de la littérature française, tome 2, *par Jean d'Ormesson*
P664. Les Deux Léopards, *par Jacques-Pierre Amette*
P665. Evaristo Carriego, *par Jorge Luis Borges*
P666. Les Jungles pensives, *par Michel Rio*
P667. Pleine Lune, *par Antonio Muñoz Molina*
P668. La Tyrannie du plaisir, *par Jean-Claude Guillebaud*
P669. Le Concierge, *par Herbert Lieberman*
P670. Bogart et Moi, *par Jean-Paul Nozière*
P671. Une affaire pas très catholique, *par Roger Martin*
P672. Elle et Lui, *par George Sand*
P673. Histoires d'une femme sans histoire *par Michèle Gazier*
P674. Le Cimetière des fous, *par Dan Franck*
P675. Les Calendes grecques, *par Dan Franck*
P676. Mon idée du plaisir, *par Will Self*
P677. Mémorial de Sainte-Hélène, tome 1 *par Emmanuel de Las Cases*
P678. Mémorial de Sainte-Hélène, tome 2 *par Emmanuel de Las Cases*
P679. La Seiche, *par Maryline Desbiolles*
P680. Le Voyage de Théo, *par Catherine Clément*
P681. Sans moi, *par Marie Desplechin*
P682. En cherchant Sam, *par Patrick Raynal*
P683. Balkans-Transit, *par François Maspero*
P684. La Plus Belle Histoire de Dieu, *par Jean Bottéro Marc-Alain Ouaknin et Joseph Moingt*
P685. Le Gardien du verger, *par Cormac McCarthy*
P686. Le Prix de la chair, *par Donna Leon*
P687. Tir au but, *par Jean-Noël Blanc*
P688. Demander la lune, *par Dominique Muller*
P689. L'Heure des adieux, *par Jean-Noël Pancrazi*
P690. Soyez heureux, *par Jean-Marie Lustiger*
P691. L'Ordre naturel des choses, *par António Lobo Antunes*
P692. Le Roman du conquérant, *par Nedim Gürsel*
P693. Black Betty, *par Walter Mosley*
P694. La Solitude du coureur de fond, *par Allan Sillitoe*
P695. Cités à la dérive, *par Stratis Tsirkas*
P696. Méroé, *par Olivier Rolin*
P697. Bar des flots noirs, *par Olivier Rolin*
P698. Hôtel Atmosphère, *par Bertrand Visage*
P699. Angelica, *par Bertrand Visage*
P700. La petite fille qui aimait trop les allumettes *par Gaétan Soucy*
P701. Je suis le gardien du phare, *par Eric Faye*
P702. La Fin de l'exil, *par Henry Roth*

P703. Small World, *par Martin Suter*
P704. Cinq photos de ma femme, *par Agnès Desarthe*
P705. L'Année du tigre, *par Philippe Sollers*
P706. Les Allumettes de la sacristie, *par Willy Deweert*
P707. Ô mort, vieux capitaine..., *par Joseph Bialot*
P708. Images de chair, *par Noël Simsolo*
P709. L'Œuvre de Dieu, la Part du Diable
scénario par John Irving
P710. La Ratte, *par Günter Grass*
P711. Une rencontre en Westphalie, *par Günter Grass*
P712. Le Roi, le Sage et le Bouffon
par Shafique Keshavjee
P713. Esther et le Diplomate, *par Frédéric Vitoux*
P714. Une sale rumeur, *par Anne Fine*
P715. Souffrance en France, *par Christophe Dejours*
P716. Jeunesse dans une ville normande
par Jacques-Pierre Amette
P717. Un chien de sa chienne, *par Roger Martin*
P718. L'Ombre de la louve, *par Pierre Pelot*
P719. Michael K, sa vie, son temps, *par J.M.Coetzee*
P720. En attendant les barbares, *par J.M.Coetzee*
P721. Voir les jardins de Babylone, *par Geneviève Brisac*
P722. L'Aveuglement, *par José Saramago*
P723. L'Évangile selon Jésus-Christ, *par José Saramago*
P724. Si ce livre pouvait me rapprocher de toi
par Jean-Paul Dubois
P725. Le Capitaine Alatriste, *par Arturo Pérez-Reverte*
P726. La Conférence de Cintegabelle, *par Lydie Salvayre*
P727. La Morsure des ténèbres, *par Brigitte Aubert*
P728. La Splendeur du Portugal, *par António Lobo Antunes*
P729. Tlacuilo, *par Michel Rio*
P730. Poisson d'amour, *par Didier van Cauwelaert*
P731. La Forêt muette, *par Pierre Pelot*
P732. Départements et Territoires d'outre-mort
par Henri Gougaud
P733. Le Couturier de la Mort, *par Brigitte Aubert*
P734. Entre deux eaux, *par Donna Leon*
P735. Sheol, *par Marcello Fois*
P736. L'Abeille d'Ouessant, *par Hervé Hamon*
P737. Besoin de mirages, *par Gilles Lapouge*
P738. La Porte d'or, *par Michel Le Bris*
P739. Le Sillage de la baleine, *par Francisco Coloane*
P740. Les Bûchers de Bocanegra, *par Arturo Pérez-Reverte*
P741. La Femme aux melons, *par Peter Mayle*
P742. La Mort pour la mort, *par Alexandra Marinina*
P743. La Spéculation immobilière, *par Italo Calvino*

P744. Mitterrand, une histoire de Français.
1. Les Risques de l'escalade, *par Jean Lacouture*
P745. Mitterrand, une histoire de Français.
2. Les Vertiges du sommet, *par Jean Lacouture*
P746. L'Auberge des pauvres, *par Tahar Ben Jelloun*
P747. Coup de lame, *par Marc Trillard*
P748. La Servante du seigneur, *par Denis Bretin et Laurent Bonzon*
P749. La Mort, *par Michel Rio*
P750. La Statue de la liberté, *par Michel Rio*
P751. Le Grand Passage, *par Cormac McCarthy*
P752. Glamour Attitude, *par Jay McInerney*
P753. Le Soleil de Breda, *par Arturo Pérez-Reverte*
P754. Le Prix, *par Manuel Vázquez Montalbán*
P755. La Sourde, *par Jonathan Kellerman*
P756. Le Sténopé, *par Joseph Bialot*
P757. Carnivore Express, *par Stéphanie Benson*
P758. Monsieur Pinocchio, *par Jean-Marc Roberts*
P759. Les Enfants du Siècle, *par François-Olivier Rousseau*
P760. Paramour, *par Henri Gougaud*
P761. Les Juges, *par Élie Wiesel*
P762. En attendant le vote des bêtes sauvages
par Ahmadou Kourouma
P763. Une veuve de papier, *par John Irving*
P764. Des putes pour Gloria, *par William T.Vollman*
P765. Ecstasy, *par Irvine Welsh*
P766. Beau Regard, *par Patrick Roegiers*
P767. La Déesse aveugle, *par Anne Holt*
P768. Au cœur de la mort, *par Lawrence Block*
P769. Fatal Tango, *par Jean-Paul Nozière*
P770. Meurtres au seuil de l'an 2000
par Éric Bouhier, Yves Dauteuille, Maurice Detry, Dominique Gacem, Patrice Verry
P771. Le Tour de France n'aura pas lieu, *par Jean-Noël Blanc*
P772. Sharkbait, *par Susan Geason*
P773. Vente à la criée du lot 49, *par Thomas Pynchon*
P774. Grand Seigneur, *par Louis Gardel*
P775. La Dérive des continents, *par Morgan Sportès*
P776. Single & Single, *par John le Carré*
P777. Ou César ou rien, *par Manuel Vázquez Montalbán*
P778. Les Grands Singes, *par Will Self*
P779. La Plus Belle Histoire de l'homme, *par André Langaney, Jean Clottes, Jean Guilaine et Dominique Simonnet*
P780. Le Rose et le Noir, *par Frédéric Martel*
P781. Le Dernier Coyote, *par Michael Connelly*
P782. Prédateurs, *par Noël Simsolo*

P783. La gratuité ne vaut plus rien, *par Denis Guedj*
P784. Le Général Solitude, *par Éric Faye*
P785. Le Théorème du perroquet, *par Denis Guedj*
P786. Le Merle bleu, *par Michèle Gazier*
P787. Anchise, *par Maryline Desbiolles*
P788. Dans la nuit aussi le ciel, *par Tiffany Tavernier*
P789. À Suspicious River, *par Laura Kasischke*
P790. Le Royaume des voix, *par Antonio Muñoz Molina*
P791. Le Petit Navire, *par Antonio Tabucchi*
P792. Le Guerrier solitaire, *par Henning Mankell*
P793. Ils y passeront tous, *par Lawrence Block*
P794. Ceux de la Vierge obscure, *par Pierre Mezinski*
P795. La Refondation du monde, *par Jean-Claude Guillebaud*
P796. L'Amour de Pierre Neuhart, *par Emmanuel Bove*
P797. Le Pressentiment, *par Emmanuel Bove*
P798. Le Marida, *par Myriam Anissimov*
P799. Toute une histoire, *par Günter Grass*
P800. Jésus contre Jésus, *par Gérard Mordillat et Jérôme Prieur*
P801. Connaissance de l'enfer, *par António Lobo Antunes*
P802. Quasi objets, *par José Saramago*
P803. La Mante des Grands-Carmes, *par Robert Deleuse*
P804. Neige, *par Maxence Fermine*
P805. L'Acquittement, *par Gaëtan Soucy*
P806. L'Évangile selon Caïn, *par Christian Lehmann*
P807. L'Invention du père, *par Arnaud Cathrine*
P808. Le Premier Jardin, *par Anne Hébert*
P809. L'Isolé Soleil, *par Daniel Maximin*
P810. Le Saule, *par Hubert Selby Jr.*
P811. Le Nom des morts, *par Stewart O'Nan*
P812. V., *par Thomas Pynchon*
P813. Vineland, *par Thomas Pynchon*
P814. Malina, *par Ingeborg Bachmann*
P815. L'Adieu au siècle, *par Michel Del Castillo*
P816. Pour une naissance sans violence, *par Frédérick Leboyer*
P817. André Gide, *par Pierre Lepape*
P818. Comment peut-on être breton ?, *par Morvan Lebesque*
P819. London Blues, *par Anthony Frewin*
P820. Sempre caro, *par Marcello Fois*
P821. Palazzo maudit, *par Stéphanie Benson*